何度でも泣ける

「沁《し》みる夜汽車」の物語

ありふれた鉄道で起きた
ありえない感動の実話

NHK沁《し》みる夜汽車制作チーム［著］

ビジネス社

今日も1日お疲れさまです。
これから、鉄道にまつわる10の物語を紹介します。

人と人とが行き交う駅や列車。
だからこそ生まれたドラマ。
ごゆっくりお楽しみください。

～「沁みる夜汽車」の物語～

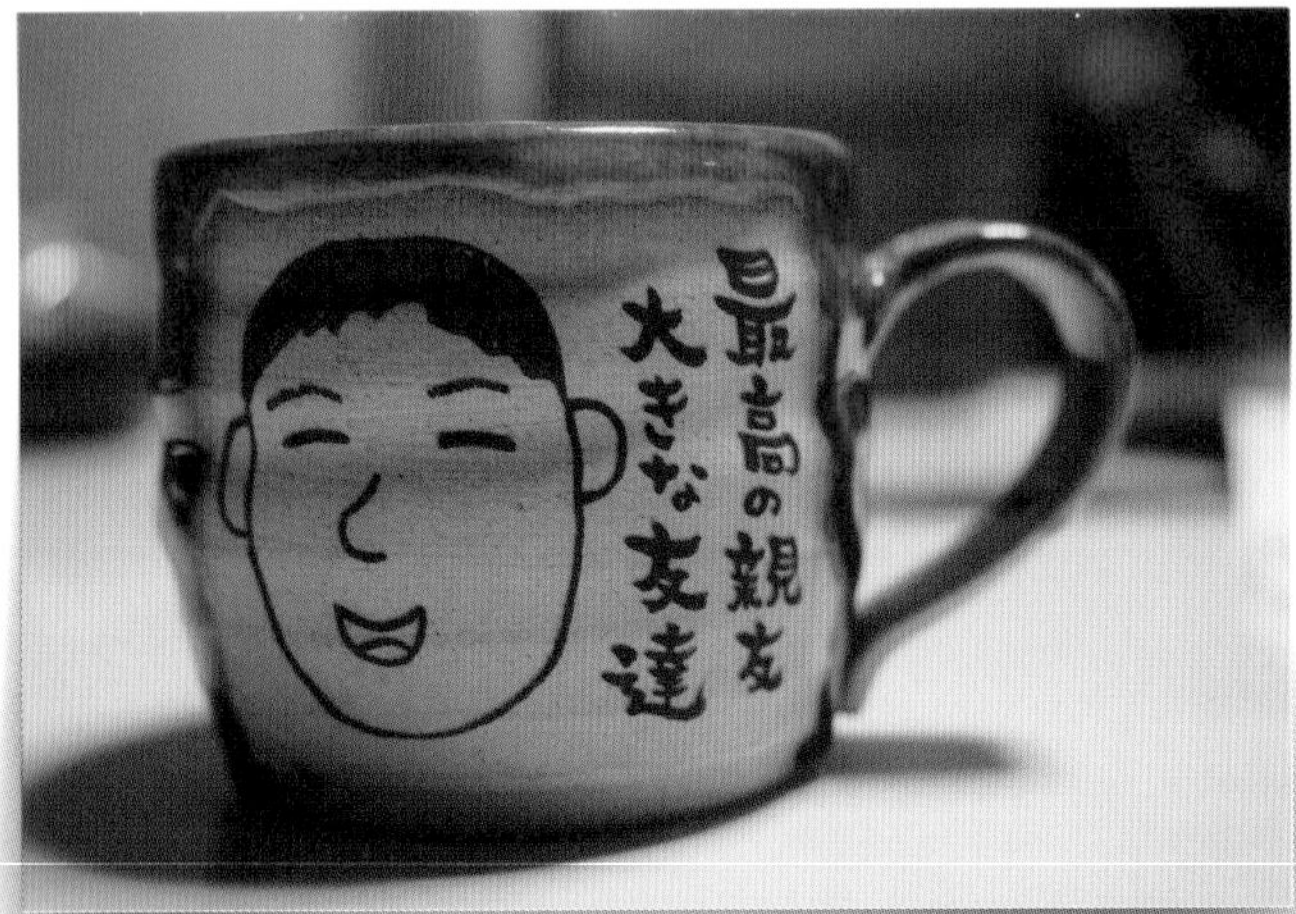

第1話

49歳、年の差を超えた電車のなかの友情物語

〜JR中央線〜

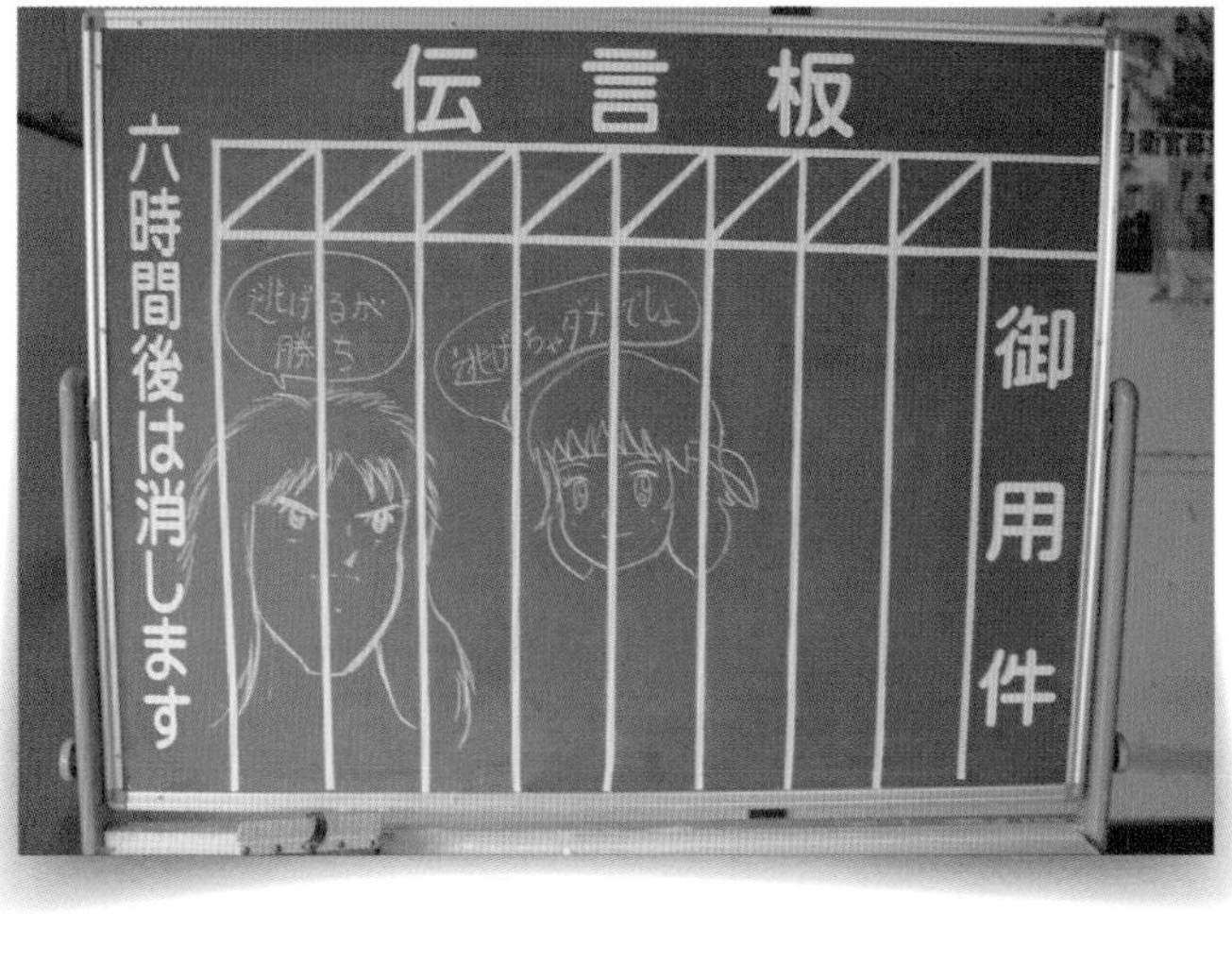

伝言板
六時間後は消します
逃げるが勝ち
逃げちゃダメでしょ
御用件

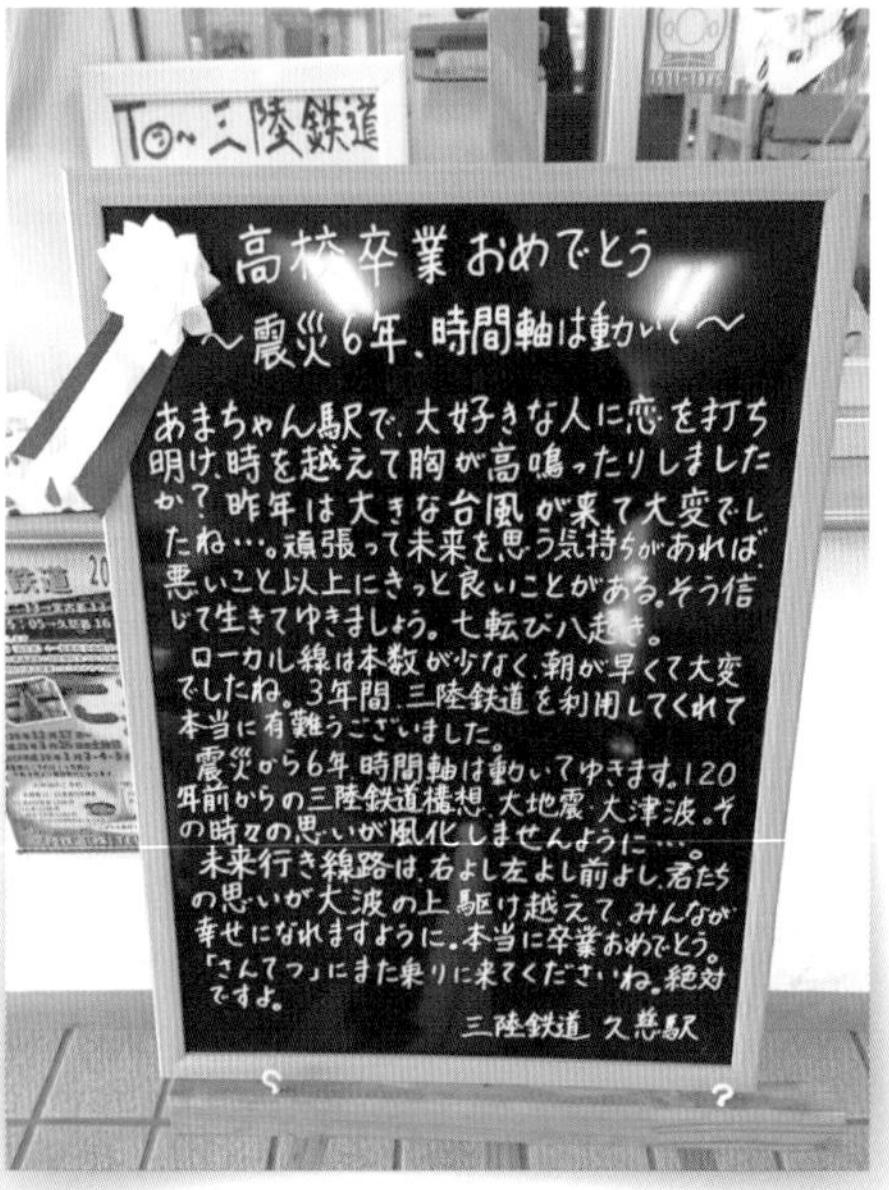

第3話

子どもたちの背中を押す卒業へのメッセージボード

~三陸鉄道　久慈駅~

第5話

利用者を見守り続ける駅のなかの理髪店

～JR小浜線 加斗駅～

EF 80 63
十和田

第7話

人と人の縁をつなぐ 服を着た小便小僧

〜JR浜松町駅〜

第9話

夫婦で守り続けた なつかしい釜飯の駅弁

〜長良川鉄道 美濃太田駅〜

FILA

JR中央線

JR東海道線

三陸鉄道

紀州鉄道

JR小浜線

西武鉄道

JR山手線

大井川鐵道

長良川鉄道

江ノ島電鉄

編成	浜田豊秀 八木　健
制作統括	猪俣修一 室伏 剛 藤田裕一
ディレクター	藤井裕也 大野克己
プロデューサー	伊藤 学 宮崎紀彦
取材	加藤了嗣 坂巻章太郎
音楽	飯田俊明
語り	森田美由紀
鉄道写真	佐々倉 実
編集	森崎荘三
音響効果	坂本洋子
制作	NHKグローバルメディアサービス
制作・著作	NHK Robby Pictures

協力	藤子スタジオ 高橋陽一／集英社
編集協力	山本櫻子
カバーデザイン	原田恵都子（Harada + Harada）
イラスト	田中チズコ
カバー写真	佐々倉 実
本文デザイン・DTP	茂呂田剛（有限会社エムアンドケイ）

第1話

49歳、年の差を超えた電車のなかの友情物語

～JR中央線～

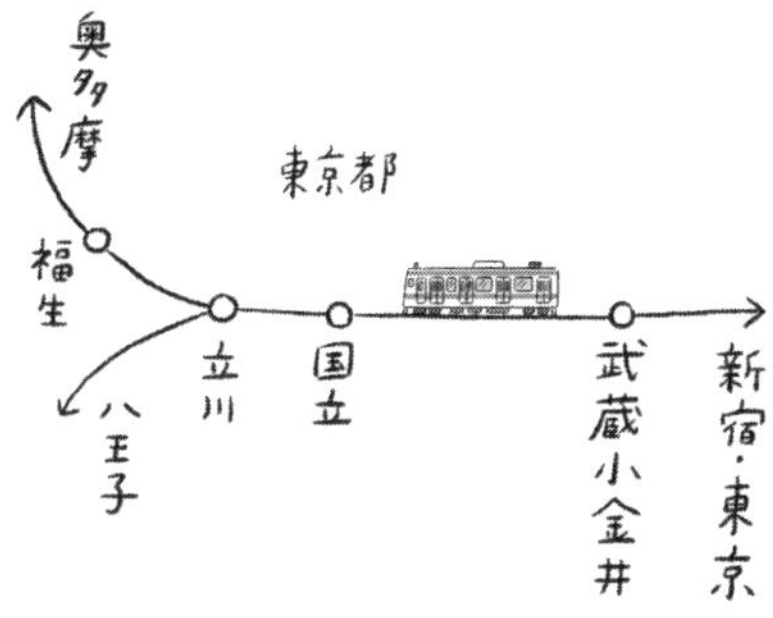

東京を東西に貫く主要路線、ＪＲ中央線――。

オレンジ色のラインカラーが目印のこの路線は、通勤、通学客など、1日400万人もの人々を運んでいる。

最初の物語の主人公である高山茂《たかやましげる》さんも、毎朝、通勤のため中央線を利用するひとりだった。


大学を卒業後、故郷の山梨県へUターン就職した高山さんは、自動車で会社に通勤していた。ところが転職を機に、会社の都合で家族と離れ、望まない東京での単身赴任を余儀なくされてしまう。

最寄りの福生《ふっさ》駅から、勤め先のある武蔵小金井《むさしこがねい》駅まで所要時間は30分ほど。だが、マイカー通勤を長年続けてきた高山さんにとって、この朝の30分間は苦痛以外の何ものでもなかった。

「満員電車に毎日詰め込まれる生活は、人生の想定外だなぁ」

ついつい、こんなグチが口をつく日々を送っていた。

019　第1話

49歳、年の差を超えた
電車のなかの友情物語
～JR中央線～

2014年2月――

いつものように気乗りしない、ある朝のこと。

福生駅7時5分発東京行きの電車に揺られていると、うつむいた高山さんの視線の先に、ランドセルを背負った男の子の姿が飛び込んできた。

紺色のブレザーに帽子をかぶり、きちんとした身なりをしている。だが、様子が少しおかしい。

ドアの近くに立ち、手すりを握りしめながら何かを我慢しているようだ。よく見ると、声を押し殺して泣いている。

周囲は気づいているのかいないのか、誰も気にとめていない様子だった。高山さんは男の子のことが気になり、思わず声をかけた。

「忘れ物したの？」

そう聞くと男の子は首を横に振る。

「お腹が痛いの？」

すると、男の子はこくりとうなずいた。

困ったな……。

ちょっととまどいながら、男の子にどこの駅で降りるのか聞いてみると、「国立《くにたち》駅」だという。国立は次の停車駅だった。

放っておけなかった高山さんは、電車が駅に到着すると、一緒に下車して駅員に状況を説明し、男の子を託してその場を離れた。

それから1カ月——。

高山さんは車内で自分を見上げる視線に気づいた。あのときの男の子だった。目が合うと、男の子は頭を下げた。

「先日はお世話になり、ありがとうございました」

思わぬお礼と、大人のような口ぶりに少し驚きながら、「気にしなくていいよ」と応えた。

男の子の名前は希拓《きひろ》くん。電車で小学校に通っているという。学年を聞くと、まだ

1年生。高山さんより49歳も年下だ。

いったい、どう接すればいいのだろうか……。

高山さんは、当たりさわりのないことを聞いてみた。

「大きくなったら何になりたいの？」

「お父さんとお母さんのクリーニング店を手伝いたい」

高山さんは心のなかで驚いた。

「しっかりした感じの子だから、きっとパイロットや野球選手、医者になりたいっていう答えが返ってくるんだろうな」

そう思っていたからだ。

高山さんは、家族にも希拓くんとのやり取りを話した。それを聞いた妻は、会ったことのない希拓くんのことを「素直でやさしい子だね」といった。まさにその通りな気がした。

この日以来、高山さんと希拓くんは、同じ電車の最後尾の車両にお互い乗り合わせるようになった。そこは、ふたりがはじめて出会った場所だ。

希拓くんは、そもそも乗り物酔いしやすい体質のようだった。高山さんはそんな希拓くんの体調を気づかいながら、国立駅までの数駅のあいだ、毎日、他愛もない会話を交わした。

慣れない満員電車に押し込まれ、憂うつさばかりがつのっていた朝の時間をほんの少し明るくする、思わぬ出会い……。高山さんの胸のなかに、一足早い春の暖かい風が広がっていった。


そして、小学校の春休み明け――。

高山さんと希拓くんは、3週間ぶりに顔を合わせた。電車が福生駅のホームに滑り込むと、希拓くんは窓の外からすぐに高山さんを見つけ、うれしそうに手を振った。

希拓くんが小学2年生に進級した初日だった。

希拓くんは車内に乗り込むと、高山さんの目の前でカバンのなかをごそごそと探り出す。取り出した小さな手には、象のキーホルダーとどこかのお寺のマグネットが握られていた。タイのおみやげだという。

そういえば、春休みに入る前に家族でタイ旅行に行くって話してたっけ……。

そう思い出していると、希拓くんが笑顔で手を差し出す。

「お母さんが2つだけ買っていいよといったから、これを選んだんだ」

「ありがとう。宝物にするよ」

高山さんはおみやげを受け取ると、希拓くんが話すタイ旅行の思い出話に熱心に耳を傾けた。

「象にバナナをあげたよ。象は毛が生えていてちょっと柔らかいんだ。それからね、別のところではね……」

希拓くんが大きな手振りで話しているうちに、あっという間に国立駅に到着。電車を降りたあとも、希拓くんはホームから高山さんに手を振り続けていた。

こうして、希拓くんが2年生になっても、ふたりは朝の車内での何気ない会話を楽しんだ。話題は学校で習っていることや、大好きなサッカーのこと。ときには、いま流行っているゲームを、夢中になって高山さんに説明することもあった。

なかなか理解が追いつかない高山さんの問いかけに対し、希拓くんはいつも小学生とは思えない、しっかりした言葉づかいで答えを返してくる。

こうして毎日20分、一緒の電車でふれあっていくうちに、ふたりのあいだには、いつの間にか49歳という年の差を超えた友情が芽生えていった。高山さんは自分のことを「大きな友だち」、希拓くんのことを「小さな友だち」と呼ぶようになった。


ときには、ふたりが出会う約束の電車の最後尾に、希拓くんがいないこともある。ある日、小さな友だちの姿を見つけられず、高山さんはちょっとガッカリしていた。すると、背広のうしろを引っ張られる感触が。振り返ると、息をハアハアいわせた希拓くんの姿があった。

聞くと希拓くんは、約束の電車に乗り遅れそうだったので、とりあえず乗車駅の階段近くの車両に乗り、次の駅でドアが開くや否や、ホームを走って最後尾に滑り込んだのだという。

小さな友だちの一生懸命な様子を知り、高山さんは無性にうれしくなった。

ふたりの距離は、こうしてほんのちょっとした〝事件〟が起こるたびに、ますます近くなっていった。

いつしか、いつもの車内で希拓くんが、人気アニメ「妖怪ウォッチ」について話すことが多くなった。

小さな友だちは、どうやら「妖怪」に夢中らしい。

アニメを観ることなどまずない高山さんは、当然「何それ？」状態だった。ところが、小さな友だちは、小学2年生らしい素直さで、「人気アニメだし、知らない人などいるはずない」というアタマでいるから話が止まらない。

「ノガッパがレベルアップすると旅ガッパになる」

「トンボはレベルが上がると色が変わるけど、でも弱いんだ」

次から次へとキャラクターの名前を出されても、高山さんはもちろんちんぷんかんぷんだった。かろうじて、希拓くんが好きな妖怪は「ジバニャン」だということぐらいはわかったが……。

そこで高山さんは、毎週金曜日に放送されている「妖怪ウォッチ」を録画。しかも、番組を観るだけでなく、妖怪の名前を一生懸命ノートに書いて、なんとか覚えようとした。

そんなある日、希拓くんから妖怪ウォッチに登場するキャラクター「レジェンド妖怪」の名前5つを覚えるよう、宿題が出された。

いつもはいろいろ教えていた高山さんだが、妖怪ウォッチ話になると一気に立場が逆転。小さな友だちが先生で、大きな友だちが生徒となってしまう。

高山さんも「さすがに、負けてばかりはいられない」と必死に覚え、電車に乗り込む直前にもアンチョコメモで復習。いつもの車両でいざ本番、4つまで答えたが、あとひとつが答えられない。すると、希拓くんの厳しいひと言が。

「だめだなぁ」

それでも、高山さんはうれしかった。なぜなら、自分が「妖怪ウォッチ」を観るようになってから、ふたりにとってまったく同じ目線で交わせる話題ができたからだ。

電車のなかで、希拓くんが教えてくれたじゃんけんゲームやカードゲームに興じることもあった。子どもの遊びとはいえ、ルールを聞いて実際にやってみるとなかなか面白く、高山さんはつい熱中してしまう。

希拓くん相手に、真剣に勝負を挑んだ高山さん。罰ゲームのデコピンもシッペも、お互い本気でやりあった。ふたりとも「友だち同士のあいだに遠慮なんていらない」と、思っていたからだ。

ただし、ついつい大人げなくはしゃぎすぎてしまうと、口元に手を当てた希拓くんから、「しーっ。高山さん、声が大きいよ」と、たしなめられてしまうことも。

ちょっと子どもっぽいところがあるんだよなぁ、高山さんは……。

希拓くんがそう思う一方、反省しつつ「これじゃあ、どっちが大人かわからないな」と苦笑いする高山さん。

それにしても、小さな友だちと大きな友だちがじゃれ合う姿は、いったい周りにはどう映っているんだろう？

やはり、おじいちゃんと孫が遊んでいるといったところかな？

高山さんは、ちょっと周りの視線が気になった。


やがて、学校が夏休みをむかえる直前――。

希拓くんに「夏休みはどこに行きたい？」と聞かれた高山さんは、「一緒に富士山に登りたいな」と答えた。高山さんの故郷である山梨県富士吉田市は、その名のとおり富士山のふもとにある街だ。

すると希拓くんは、「夏休み中にうちに遊びに来てほしい」と自宅の住所と電話番号、お父さん、お母さんの携帯番号を書いたメモを高山さんに渡した。


これはまいった……。

高山さんは、うれしい反面、ちょっとだけ気になってしまう。「近づいてくる大人には要注意」というご時世に、警戒心がないのはいささか心配だ。

希拓くんによると、

「お父さんとお母さんには、高山さんは大丈夫といってある」

とのことだった。

いったい、ご両親に私のことを、どのように伝えているのだろうか……。


やがてやって来た夏休み前日、これからしばらく顔を合わせられないという現実を前に、ふたりともさみしさを感じていた。国立駅での降り際、高山さんと握手をした希拓くんは、素直に自分の気持ちを打ち明けた。

「涙が出そう」

高山さんも切なさを感じていたが、それでも無理して元気に声をかけた。

「真っ黒になって夏休みを楽しんできて。また9月に会おう！」

電車を降りると、いつもは笑顔で手を振ってくれるのに、この日の小さな友だちは下を向いたままだった。


夏休みの期間中、高山さんは希拓くんの自宅を訪れる代わりに、教えられた住所宛てに絵葉書を送ることにした。描いたイラストは、すっかりおなじみになったジバニャン。そして、その周りにメッセージを書き連ねた。


元気かにゃ？

たのしいなつやすみをすごしてください。

またあえる日をたのしみにしています。


数日後、希拓くんから送られてきた返事には、親御さんからの手紙が同封されていた。ていねいな文面で、感謝と気づかいの言葉がつづられていた。

「高山様　息子がお世話になり大変感謝しております」

「妖怪ウォッチの話など、色々とありがとうございます。ご迷惑をかけているのでは、と心配ですが、優しい高山さんに甘えてしまいすみません」


2学期に入る直前にも、希拓くんから手紙が届いた。手紙には富士山に登る高山さんと希拓くんの絵が描かれていて、

「6年生になったらいっしょにのぼりたいです」

という言葉がそえられていた。ほかにも、夏休みをどう過ごしているか書かれている。希拓くんが長い休みを子どもらしく思いっきり楽しんでいる様子が、手に取るように感じられた。

「明日は久しぶりの再会だ」

しばらく、希拓くんのいない電車で通勤していた高山さんは、8月最後の夜、翌朝のいつもの電車を想像し、ワクワクしながら眠りについた。


夏休み明け初日――。

希拓くんは、日焼けしてひと回り大きくなったように思えた。この日は再会を記念して携帯でツーショットを撮った。

高山さんは、家族や職場の同僚に希拓くんの姿をはじめて披露した。

高山さんと希拓くんの年の差を超えた不思議な友情は、その後も続いていった。

高山さんは、毎年、希拓くんの誕生日にバースデーカードを送った。冬休み中もク

49歳、年の差を超えた
電車のなかの友情物語
〜JR中央線〜

リスマスカード、年賀状の交換を忘れない。

2月のバレンタインには、希拓くんから手づくりチョコレートをもらった。高山さんはホワイトデーのお返しに、メモ帳をプレゼントした。

高山さんが東京マラソンに参加することが決まると、希拓くんがTシャツに「1位を目指せ」と、激励のメッセージを書いてくれたこともあった。

希拓くんの両親も、ふたりの付き合いを静かに見守っていた。

父親から見た息子と高山さんの関係は、とにかく「不思議」のひと言。親があいだに入ることなど決してありえないと思わせるふたりだけのつながりを、いまだ会ったことすらない高山さんと息子とのやり取りから強く感じ取っていた。

とりわけ、両親に強い印象を与えたのが、高山さんの希拓くんに対する〝目線の低さ〟だ。

「とにかく高山さんは、なんていう人なんだろうと。ジバニャンの絵はがきといい、子どもの目線に合わせてなんでもやっている」

高山さんがちょっとだけ心配していた、希拓くんとの年の差を超えた友情物語は、知らず知らずのうちにその両親にも、しっかりと伝わっていた。

希拓くんが、もう少しで5年生に進級というある日のこと——。

小さな友だちは、思わぬことを高山さんに告げてきた。

「1年生のとき、高山さんに助けてもらってから、何度も車内で姿を見かけたけど、お礼がいえなかった。でも、そのあと、勇気を出してお礼をいってよかった」

「よくお礼がいえたね。えらいね」

「特別なことじゃないよ。普通のことなんだけど勇気がなかっただけ」

3年以上も前の、あの日のことを覚えていてくれたのか。

話しながら、高山さんの心はじんわりと温かくなった。

「僕もよく覚えているよ。こうして友だちになれてうれしいよ」

そういうと、希拓くんは「ぼくも!」と答えた。

希拓くんはいつしか、乗り物酔いを克服していた。

高山さんが「希拓くん電車」に乗りはじめてむかえる4度目の春。いつもの電車に乗り込む高山さんの足取りは、次第に重くなっていった。

なぜなら、6月に定年退職することが決まったからだ。6月を過ぎたら、もう通勤電車には乗らなくなる。すなわち、希拓くんとの別れのときが来るということ。

きちんと話せるか、自信がないな……。

希拓くんになかなか事情を告げられずにいた高山さんは、考えたあげく、ゴールデンウィークをむかえる前、両親宛てに手紙を書くことにした。

4年間で築いたふたりの仲をきちんと伝えようと、率直な気持ちをつづった。

前略

高山です。いつも朝の通勤電車で出逢う希拓君に楽しい時間を過ごさせてもらっています。朝の楽しみです。

この度、手紙を書いた理由は、私が退職することになり、朝の出逢いが終わってしまう事を少し前に話し（伝え）たかったからです。

この六月三十日をもって退職し、七月からは電車に乗りません。希拓君に話をしますが、前もってご両親にお伝えをと思い連絡しました。

私は、この十一月に定年退職を迎える予定でしたが、諸事情により早期退職となります。

希拓君には、五月になりましたら話すつもりですが……。とても寂しくなりきちんと話せるか大人気なくオロオロしている心境です。

十二月より山梨住人となる予定です。

希拓君との出逢いは神様からのプレゼントだと思っています。

会えなくなるのはとてもとても寂しいのですが、この出逢いに感謝して手紙のやりとりをしたいと思います。

又、二人でどこかへ遊びに行ける日を楽しみに、老後を過ごそうと思います。

富士急ハイランド、富士登山と約束をしていますので、お許し頂ければ、いつか二人で行きたいと思います。長々となりましたが、思いがつまりこの様な文章になってしまいました。

とても素直でご両親の愛情いっぱいに成長しているお子様で、微笑ましく、とてもとても、優しい気持ちになります。

沢山の電車の中での想い出をありがとうございました。

これからも、良い友達でいられたら、すごくうれしいです。


ゴールデンウイークの休み明けに希拓くんに会うと、日に焼けて元気そうな見た目とはうらはらに、表情はさみしそうで、いまにも泣き出しそうだ。

「お父さんから手紙を渡されて読みました」

そうポツリと話すと、希拓くんは高山さんの手をぎゅっと握った。

実は希拓くんは、定年退職なのでもう会えないという高山さんの手紙を読み、泣きじゃくったという。そして、残された1分1秒を大切に過ごそうと決意したのだ。

高山さんは、そんな希拓くんに、

「まだ1カ月あるから楽しく過ごそうね」

と声をかけた。いつかこんな日が来るのはわかっていたものの、いいようのない切なさが心をおおっていたのは、高山さんも一緒だった。

数日後、希拓くんの親から返事が届いた。

高山　茂様

いつも希拓が大変お世話になっております。

お手紙をいただき大変驚きました。未だ直接お会いしお礼も申し上げていない無礼をお許しください。

希拓に手紙の内容を話したところ肩を震わせて泣いておりました。その姿を見てとても有難く、希拓にとってとても大切な〝友だち〟なのだと改めて感じ、とてもたくさんの愛情をもって接していただいていたのだと本当にうれしかったです。

小学生の子どもを相手にご迷惑をお掛けしたことも多々あったかと思いますがお許しください。

具合が悪くなり介抱していただいてから今は五年生の高学年になりました。

自分が助けてもらったことで困っている人を気に掛けることが出来る優しい子に育ったと思います。希拓にとって高山さんとの出会いはかけがえのないもので生涯の財産になりました。夫婦共々本当に心から感謝の気持ちでいっぱいです。


希拓も高山さんと富士急ハイランドや富士山に行くことを心待ちにしておりますので、是非ご一緒させていただければと思っております。また、山梨に帰られる前に一度お食事する機会をいただければ幸いです。

これまで本当に希拓がお世話になり、ありがとうございました。

これから夏に向け暑くなってまいります。

お身体をご自愛ください。

6月最後の日――。

高山さんが、いつもの福生駅7時5分発東京行きの電車に乗る最後の日だ。約束の車両に乗り込んできた希拓くんの手には、黄色い花束と紙袋があった。

さみしげに「おはよう」とあいさつを交わす、ふたりの友だち。

中央線の国立駅が近づくと、希拓くんはランドセルに腰かけ、高山さんのヒザに顔をうずめて離れなかった。高山さんは、国立駅でいったん下車することにした。


手をつないで改札までふたりで歩く。高山さんはいつもの感覚で手を握り締めていたが、思えば希拓くんはもう小学5年生。出会ったころに比べると、ずいぶん大きくなった。

「恥ずかしくないかい?」

「大丈夫です」


長いホームならいいなあ……。

そう思う高山さんの気持ちとは裏腹に、あっという間にふたりは改札口へとたどり着いてしまう。

高山さんは花束と紙袋を受け取ると、希拓くんに声をかけた。

「元気でね。お父さんとお母さんを大切にするんだよ。またね！」

梅雨どきの湿った空気が漂うなか、ふたりは精一杯の笑顔でお互いを送り出した。

高山さんが受け取った紙袋の中身は、希拓くん手づくりのコーヒーカップだった。側面には高山さんの似顔絵と一緒に、「最高の親友 大きな友達」と書かれていた。

「最高のプレゼント、ありがとう。キミはいつまでも大切な自慢の親友だ」

高山さんはコーヒーカップを手につぶやいた。

その後――。
高山さんと希拓くんの両親がはじめて顔を合わせたのは、高山さんが退職したあとのことだった。さらには、希拓くんは受験勉強の合間をぬって、山梨までお父さんと

043　第1話

49歳、年の差を超えた
電車のなかの友情物語

〜JR中央線〜

高山さんの自宅を訪れたこともあった。

そしていま、希拓くんは東京からはるか北の先にある中学校に進学し、ラグビーに熱中している。

そんな遠くへ行ってしまった希拓くんと高山さんが車内で交わした約束、富士山登頂――。

2019年の夏休み、ついにふたりは念願の約束を果たし、富士山のてっぺんまで登り切った。

殺伐《さつばつ》とした朝の通勤電車内で、小さな出来事をきっかけに生まれた49歳差の縁。

ふたりの友情物語は、電車を降りてからも続いている。

第1話

49歳、年の差を超えた
電車のなかの友情物語

～JR中央線～

第2話

生きる勇気を与えてくれた伝言板の青春物語

～JR東海道線 二宮駅～

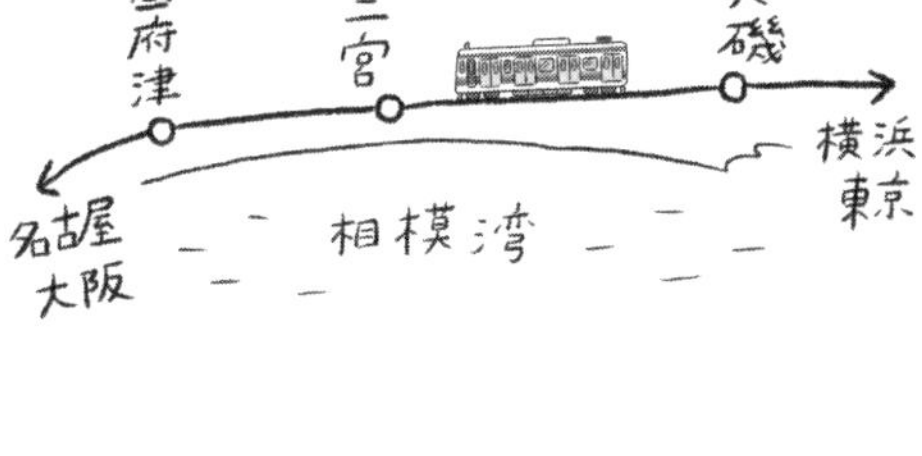

鉄道開通からもうすぐ150年――。

改札が自動になり、行先の表示はデジタルになるなど、鉄道をめぐる環境は時代とともに進化し続けてきた。その一方で、いつの間にか姿を消してしまったものもある。

たとえば駅の伝言板――。

いまから30年ほど前、ふだんは誰も気にもとめないような、この伝言板から、生きる勇気をもらっていた女性がいる。今回の物語の主人公、安田美香《やすだみか》さんだ。

舞台は、京阪神、名古屋、そして東京を結ぶ日本の大動脈、JR東海道線の二宮《にのみや》駅。神奈川県有数のリゾート地、大磯《おおいそ》の隣駅だ。

この二宮駅の改札を出てすぐあたりに、かつて伝言板があった。

安田さんが高校に進学したばかりのころ。

はじめての電車通学でワクワクしていた安田さんが、興味のおもむくまま駅の構内を見回していると、改札付近にある伝言板が目にとまった。

近づいてみると、掲示板の下に何かの絵が描いてある。

生きる勇気を与えてくれた
伝言板の青春物語
～JR東海道線 二宮駅～

ドラえもんの似顔絵だった。

自分も描いてみようかな――。

好奇心が強かった安田さんは、ドラえもんの隣にマンガ「うる星やつら」の主人公、ラムちゃんを描いてセリフをつけた。

絵うまいですね

その3日後、駅を訪れてふと伝言板を見ると、アニメ「キャプテン翼」のキャラクターのイラストとともに、返事が書かれていた。

そんなことないよ

周りの人には、なんのことだか、さっぱりわからないセリフ。でも、安田さんには、すぐにピンと来た。

「あっ、あの続きだ！」

安田さんはうれしくなった。
そうか、伝言板ってこんなふうにやりとりできるもんなんだ——。
自分と書いてくれている人だけがわかる、ふたりだけの秘密の〝おしゃべり〟に、安田さんはワクワクした。

高校に入学して2カ月が過ぎたころのこと。
安田さんの下駄箱に、手紙が入れられていた。手紙には差出人の名前はなく、ワープロの文字でこう書かれていた。

なんでサッカー部に女がいるわけ？

安田さんはびっくりした。と同時に怒りがこみ上げてきた。
「いったい誰が、何のため、こんな手紙を入れてくんの！」

当時、安田さんはサッカー部に入部したばかりだった。

男子ばかりのサッカー部で、女子選手は安田さんひとりだけ。

しかし安田さんは、そんなことなどまったく気にもしていなかった。なぜなら、小さいころから男の子に混じって、サッカーに熱中してきたからだ。

安田さんのサッカー熱のきっかけは、小学生のときに放送がはじまったアニメ「キャプテン翼」。これを見てサッカーが好きになり、男子チームに入って実際にプレーするようになった。

中学生になると、男子チームに入ることができなくなる。そこで、まだJリーグの誕生前で、男子ですら競技人口がそれほど多くなかった当時、自ら女子チームを立ち上げた。

当然メンバーが足りなかったので、母親にもチームに入ってもらった。それくらい、サッカーをプレーするのが好きだった。

高校に入ってもサッカーがしたかった安田さん。

053　第2話

生きる勇気を与えてくれた伝言板の青春物語

～JR東海道線 二宮駅～

サッカー部に入れてほしいとお願いしたところ、顧問の先生はキョトンとした目で、安田さんにこう伝えた。

「マネージャーじゃダメなのか？」

「どうしても、サッカーがやりたいんです！」

「それならやる気を見せろ！」


そういわれた安田さんは、毎日グランドを何十周も走ってみせた。

ひと月後、根負けした先生は、とうとう入部を許可した。

練習では男子と激しくぶつかって、鼻血を出すことなど当たり前。それでも好きなサッカーができることが、心からうれしかった。


でも、そんな自分を嫌っている人がいる……。

下駄箱の手紙を読んだとき、言葉でいい表せないショックを受けた。

もしかすると、あの手紙を書いたのは、サッカー部に好きな男の子がいる女子なのかも。その子の近くにいる私のことを、嫌がっているのかな……。

生きる勇気を与えてくれた
伝言板の青春物語
〜JR東海道線 二宮駅〜

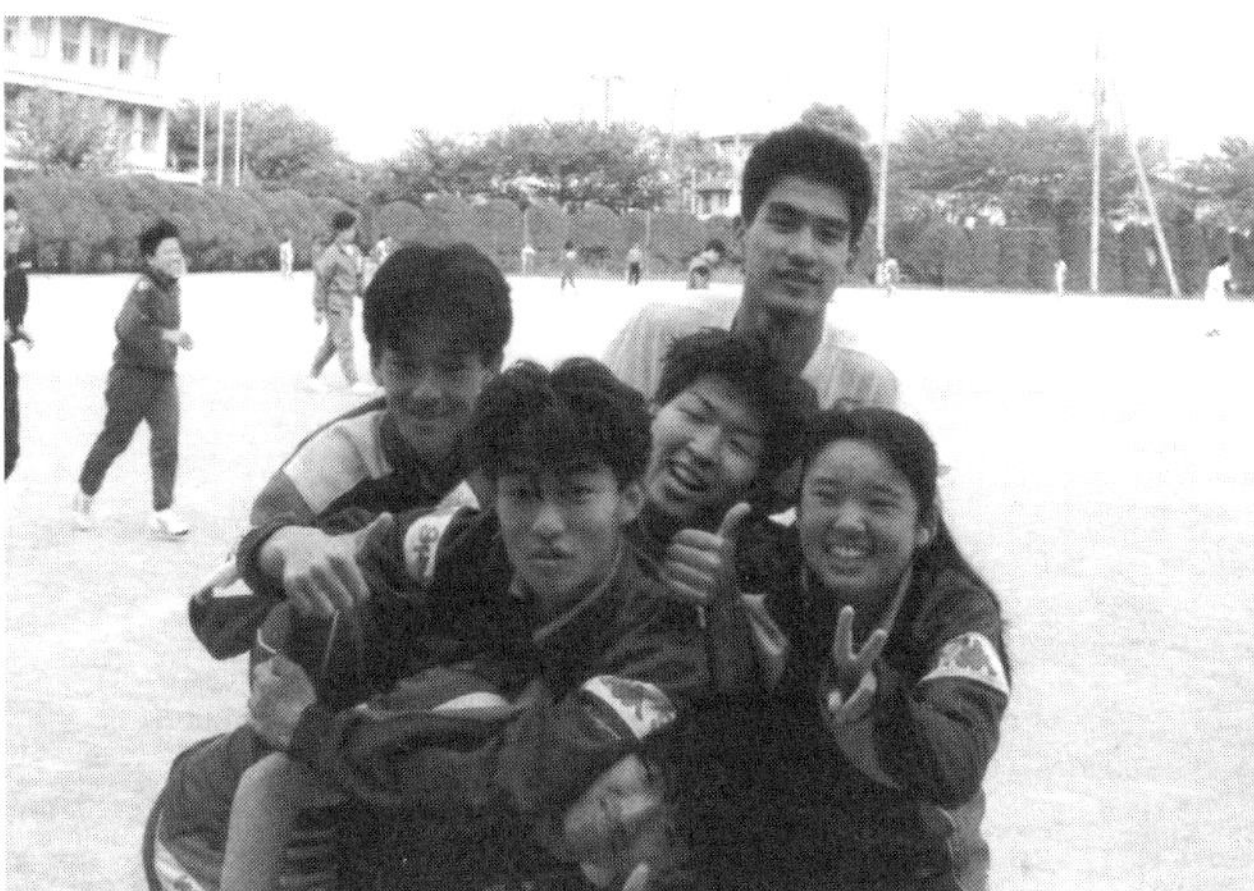

いつも明るく友だちもたくさんいた安田さんは、自分が嫌われているかもしれないなんて、考えたこともなかった。

差出人不明の手紙は、その後もたびたび下駄箱に入っていた。

安田さんは下駄箱で手紙を見つけるたびに、周りに気づかれないよう手でくしゃくしゃに握りしめて隠し、トイレにこもってから読んだ。

これまでずっと男女問わず誰とも仲よくし、いじめを受けたことなど一度もなかった安田さん。だからこそ、嫌がらせを受けていることを、周りに相談することができないでいた。

手紙のことを人に知られるくらいなら、死んだほうがマシ――。

そう思い込んでしまうくらい、自分が人に嫌われていると考えるだけで、みじめな気持ちになった。

校舎から誰かに見られているのかもしれない……。

いつしか学校にいるときは、周りの目にびくびくするようになった。高校生活も半年を過ぎたころには、部活に行くのも嫌になった。

そんな沈んだ気分で学校から帰る途中、二宮駅に着くとあの伝言板が目にとまった。

安田さんは、つい弱音をはいた。

部活行きたくない

すると翌日、伝言板に「怪物くん」の似顔絵とともに返事が書かれていた。

サボっちゃえば？


それを見た瞬間、張りつめていた気持ちが、ふっとゆるんだ。

無理をいって入れてもらった手前、「部活に行きたくない」なんていえない——。

そう思い込んでいた自分のなかに、部活をサボるという選択肢は当然なかった。

「そっか、行きたくなかったらサボってもいいんだ」

そう思うと気が楽になった。

「本当にしんどくなったらサボっちゃおう」

知らない誰かが書いてくれた言葉で前向きになれた。
安田さんは伝言板にひとこと返事を書いた。

がんばる

しかし、安田さんへの嫌がらせは、どんどんエスカレートしていった。
下駄箱の手紙にはさらにひどい暴言が書かれるようになっていき、それを見るたびにみじめな気持ちが増していった。

アンタさえいなければ

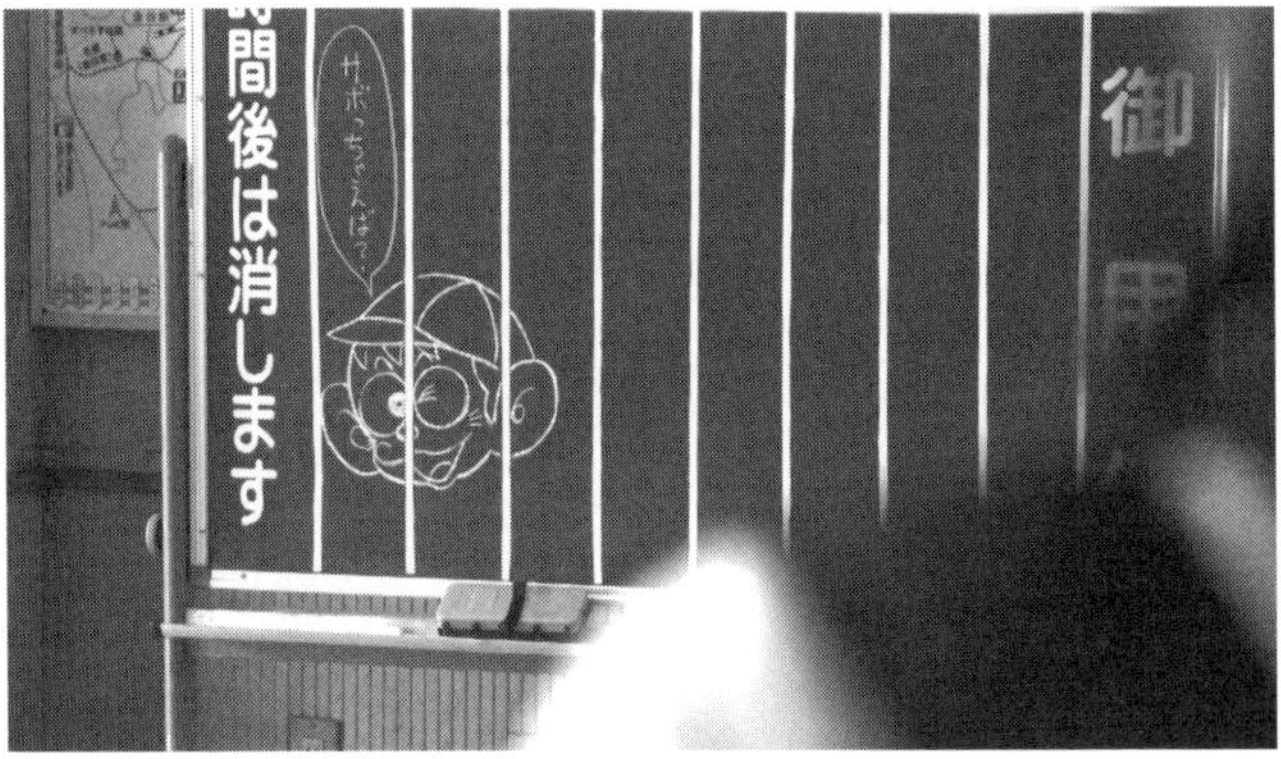

第2話 生きる勇気を与えてくれた伝言板の青春物語

～JR東海道線 二宮駅～

早く消えてよ
自覚がないのが一番腹が立つ

知らないうちに自分の行動によって、人を傷つけている、怒らせていると思うと、友だちとおしゃべりをしていても、うまく笑顔がつくれなくなった。
部活に行く前には、お腹が痛くなることもあった。
安田さんは帰り道の駅の伝言板に、おびえる気持ちをこう書いた。

ボールがこわい

翌日、伝言板にまた返事が書かれていた。

三角とびで逃げろ！

「キャプテン翼」に出てくるキャラクターが、一緒に描かれていた。

間後は消しま
三角とびで逃げろ！
ボールがこわい

それを見た安田さんは、イラストと一緒に返事を書いた。

逃げちゃダメでしょ

すると翌日、見えない相談相手はこう返してきた。

逃げるが勝ち

伝言板の言葉は、ひとりで我慢して強がってみせている自分の心を見透かしているような気がした。

その後もやりとりは続く。

楽しい？

楽しくない

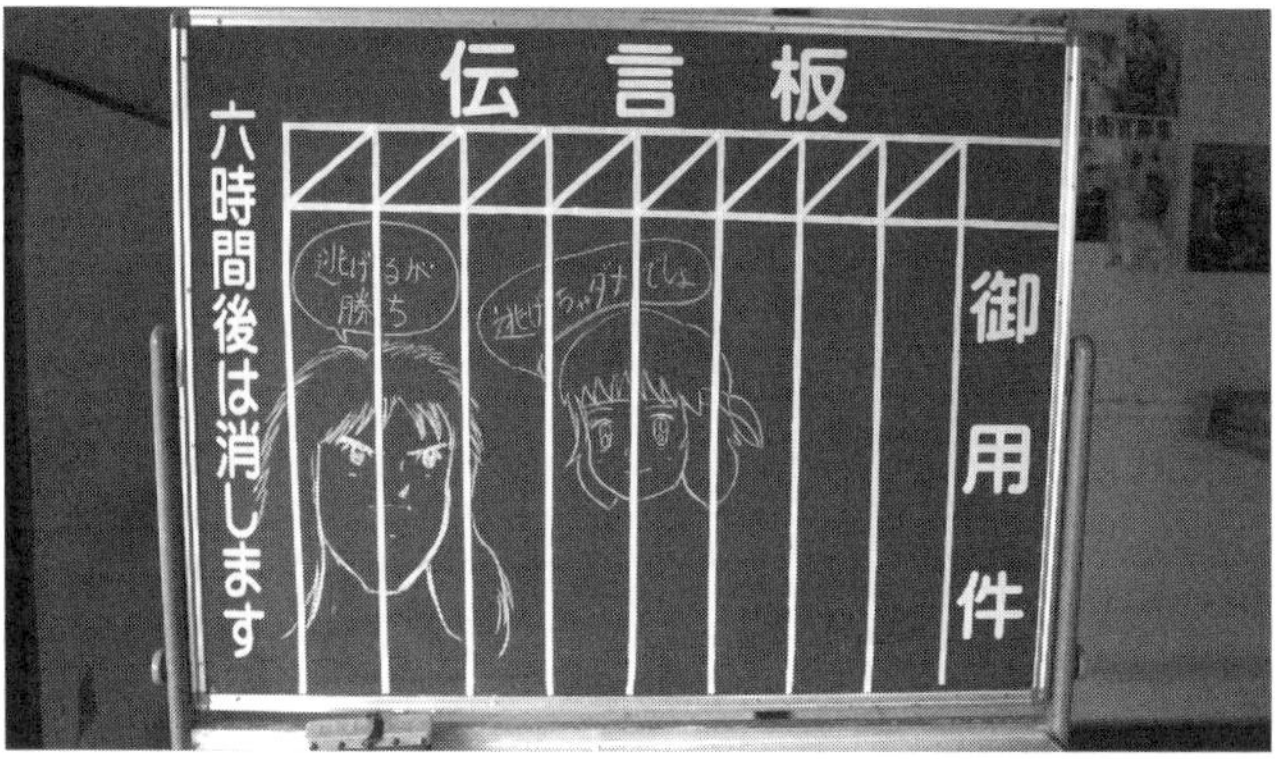
伝言板
六時間後は消します
逃げるが勝ち
逃げちゃダメでしょ
御用件

がんばりすぎ

〝会話〟を重ねるごとに、相手との仲が深まっていくような気がした。

伝言板を使うのは自分たちだけ。次第に見えない相手の存在が、安田さんのなかで大きくなっていった。

絵のタッチや言葉づかいから、相手は男の子だろうと想像していた。安田さんは、いつしか、会ったことがない相手に向けて淡い感情を抱きはじめた。

やがて、1年生が終わろうとしていた3月。あふれる気持ちを伝言板に表した。

好きです

3日後、返事があった。

ごめんなさい

思わぬ言葉に安田さんは動揺した。こんなに冷たい言葉は、これまでのやりとりではじめてだった。

これまでは、必ず絵も一緒に描かれていたのに……。

心のよりどころだった伝言板に、急に裏切られた気がした。

「なんで助けてくれないの？」

「私、どうしたらいいの？」

それ以降、伝言板を見ることができなくなった。

高校2年生になっても、嫌がらせはやまなかった。

安田さんの自転車のタイヤがパンクしていたことも、一度や二度のことではない。

おそらく、手紙の差出人がしたことだった。

伝言板に頼れなくなった安田さんの心は、もう限界に達していた。

ある日、安田さんは言うつもりなどなかったにもかかわらず、部活の友人に対し、思わず嫌がらせを受けていることを口にしてしまう。すると、次から次へと言葉があふれ出て止まらない。結局安田さんは、自分の身に起きたことを、洗いざらい話してしまった。

身近な人には、絶対に知られたくないと思っていたのに……。

だがみんな、安田さんの話を真剣に聞いてくれた。以前から不安がっている安田さんの様子を察してくれていた友人もいた。

「周りに気づかいしすぎなんだよ」

「何かあったら頼って」

そういって励ましてくれた。安田さんは、仲間がこんなに自分のことを考え、心配してくれるとは思ってもみなかったという。

友人たちの温かさに、長くつらかった孤独から救われた思いがした。
みんなに話してから、嫌がらせはいつしかなくなっていた。

「もし、あのままやりとりが続いていたら、私はずっと我慢し続けていたかもしれません。『ごめんなさい』って、なんて嫌な言葉なんだろうと思いましたが、それがきっかけになって周りに助けを求めることができました。伝言板がこの結末につないでくれたのかなと、あとあと思えるようになったんです」
伝言板でのやりとりについて、安田さんはこう話す。

二宮駅は、新たな一歩を踏み出させてくれた思い出の場所。そこにあった伝言板は、高校時代の多感だった女の子の背中を少しだけ押してくれた。
安田さんはあれから30年たったいまも、二宮駅を通るとあのころのことを思い出して少し切ない気持ちになるという。

しんどかったけど、いまは笑っていられるな、と――。

第3話

子どもたちの背中を押す
卒業へのメッセージボード

～三陸鉄道　久慈駅～

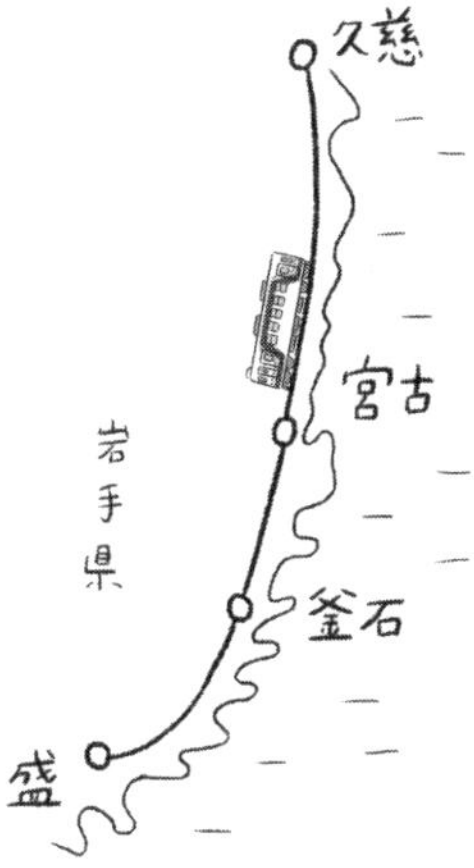

２０１１年3月11日午後2時46分――。

マグニチュード９・０という、かつてない規模の巨大地震が発生し、大津波が東北から関東一帯に襲い掛かった。

この東日本大震災により壊滅的な打撃を受けた路線が、８年後の２０１９年3月23日、全線開通を果たした。

三陸鉄道リアス線である。


同線は、その名のとおりリアス式で知られる岩手県の三陸海岸沿いを走り、総距離は１６３㎞におよぶ。

かつてリアス線は、久慈《くじ》駅と宮古《みやこ》駅を結ぶ「北リアス線」、釜石《かまいし》駅と大船渡《おおふなと》市にある盛《さかり》駅を結ぶ「南リアス線」に分かれていた。その後２０１９年、震災からようやく復旧した釜石―宮古間のＪＲ山田線が三陸鉄道に移管され、岩手を南北に結ぶ「三陸鉄道リアス線」として新たに生まれ変わった。


今回の物語の舞台は、地域住民から「さんてつ」の名で親しまれてきた、その三陸

第3話

子どもたちの背中を押す
卒業へのメッセージボード

〜三陸鉄道　久慈駅〜

鉄道の北の玄関口、久慈駅である。

ＮＨＫ朝の連続テレビ小説「あまちゃん」のロケ地としても有名な同駅の待合室に、3月に入ってから10日ほど、人知れずメッセージボードが置かれる。

メッセージは、地域の高校を卒業する3年生に向けられたものだ。


書いているのは、この物語の主人公、久慈駅駅長の駒木健次《こまきけんじ》さん。

駒木さんは、東日本大震災が発生するまでは、三陸鉄道の旅客サービス課にいたが、震災直後から復興のため久慈駅に異動。以来、毎年、同駅周辺の3つの高校に通う学生たちを見守り続けてきた。


メッセージボードを置きはじめたのは、震災の翌々年の２０１３年のこと。

震災当時、1年生だった高校生たちが卒業をむかえる年だった。それから毎年、久慈から旅立っていく卒業生の背中を後押しする言葉をつづってきた。

たとえば、２０１７年にはこんなメッセージを送っている。

高校卒業おめでとう
〜震災6年、時間軸は動いて〜

あまちゃん駅で、大好きな人に恋を打ち明け、時を越えて胸が高鳴ったりしましたか？　昨年は台風が来て大変でしたね…。頑張って未来を思う気持ちがあれば、悪いこと以上にきっと良いことがある。そう信じて生きてゆきましょう。七転び八起き。

ローカル線は本数が少なく、朝が早くて大変でしたね。3年間、三陸鉄道を利用してくれて本当に有難うございました。

震災から6年、時間軸は動いてゆきます。120年前からの三陸鉄道構想、大地震、大津波。その時々の思いが風化しませんように…。

未来行き線路は、右よし左よし前よし。君たちの思いが大波の上駆け越えて、みんなが幸せになれますように。本当に卒業おめでとう。

「さんてつ」にまた乗りに来てくださいね。絶対ですよ。

三陸鉄道　久慈駅

2011年、震災で壊滅的な被害を受けた三陸鉄道は、当然のことながら列車を動かすことができない状態となった。

一方で、街なかを走る国道はガレキの山でどこも不通。そのため、買い出しや行方不明者を探しに行く人たちは、比較的障害物の少ない線路上を歩いていた。

それを知った三陸鉄道は、まずは被害が軽い路線の復旧を決断。鉄道マンの尽力により、震災からわずか5日後に運行再開を実現した。

はじめに開通したのは、久慈駅から陸中野田《りくちゅうのだ》駅の2駅間だった。さらに3月中に、北リアス線の36・2㎞の区間で運転を再開。そのうえで、3月いっぱいは「震災復興支援列車」と銘打ち、運賃をすべて無料にした。

会社経営は赤字だったにもかかわらず、「運賃よりも、まずは地域に役立つことが何よりも優先」と考えてのことだった。

こうした「さんてつ」の復旧にかける熱意と行動が、被災した沿線住民に大きな希望をもたらした。

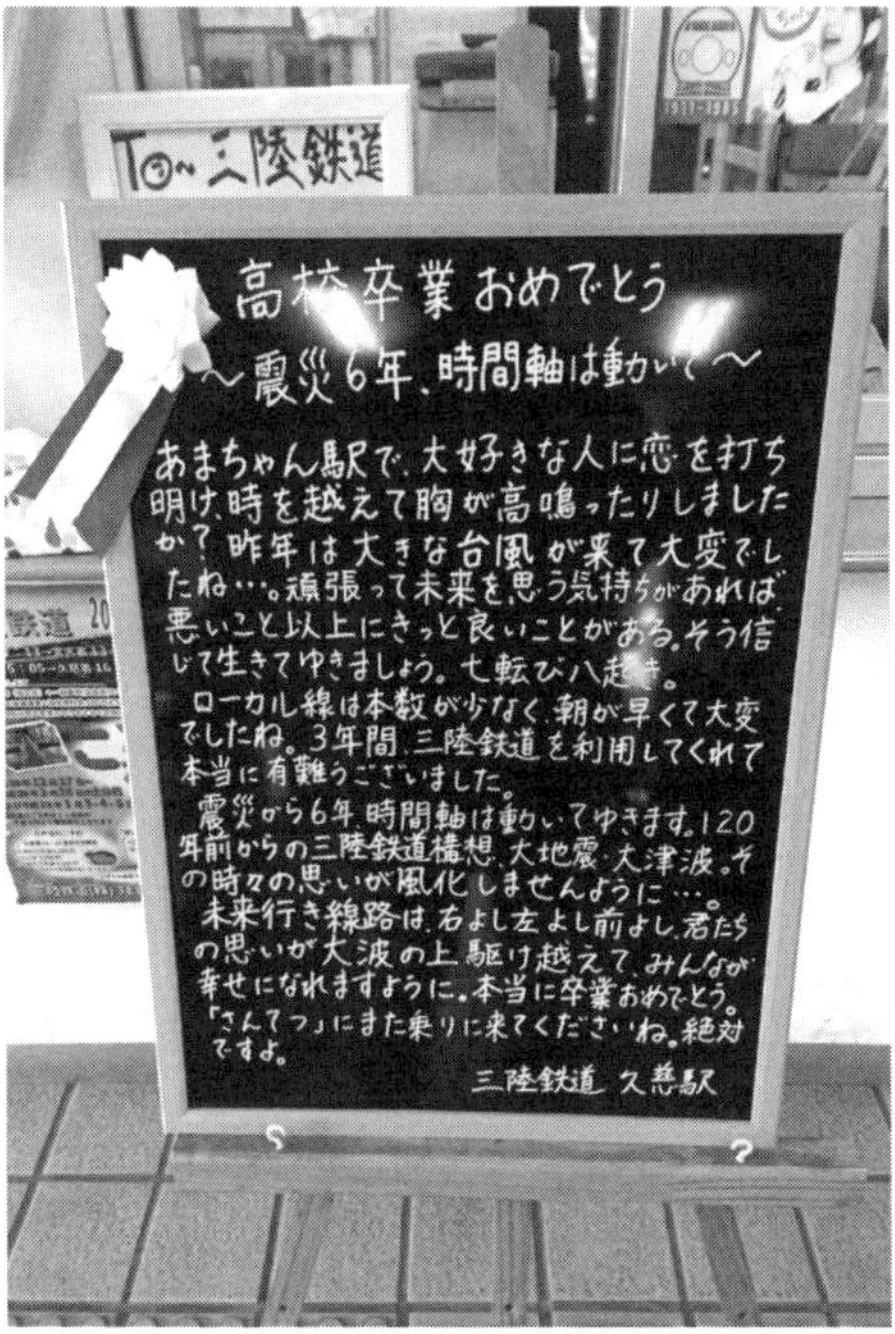
To 三陸鉄道
高校卒業おめでとう
〜震災6年、時間軸は動いて〜

あまちゃん駅で、大好きな人に恋を打ち明け、時を越えて胸が高鳴ったりしましたか？昨年は大きな台風が来て大変でしたね…。頑張って未来を思う気持ちがあれば悪いこと以上にきっと良いことがある。そう信じて生きてゆきましょう。七転び八起き。

ローカル線は本数が少なく、朝が早くて大変でしたね。3年間、三陸鉄道を利用してくれて本当に有難うございました。

震災から6年、時間軸は動いてゆきます。120年前からの三陸鉄道構想、大地震、大津波。その時々の思いが風化しませんように…。

未来行き線路は、右よし左よし前よし、君たちの思いが大波の上、駆け越えて、みんなが幸せになれますように。本当に卒業おめでとう。

「さんてつ」にまた乗りに来てくださいね。絶対ですよ。

三陸鉄道 久慈駅

久慈駅を起点に運行を再開した復興支援列車に乗り込む乗客のなかに、ガレキの撤去や津波で流された行方不明者を探しに行く人たちの姿があった。

そうした復旧、救援作業に参加したのは、大人だけではない。地元の高校生たちも「何か力になれれば」と、ボランティア活動に参加した。

彼らは朝、久慈駅を出発し、夕方になると泥だらけになって帰ってきた。

いまも駒木さんの脳裏に焼きついているのは、行方不明になった女の子を必死で探していた男子高校生の姿。

「鬼気迫る様子で、行方不明の人を探しに行っていました。自分のことは二の次です。帰ってきたら長靴もドロドロでしたね」

こうしたボランティア活動に参加してくれた高校生たちに、改めて感謝の気持ちを伝えたい――。

そう考えた駒木さんは、自分の想いを手書きで書き込んだメッセージボードを、久

子どもたちの背中を押す
卒業へのメッセージボード
～三陸鉄道　久慈駅～

慈駅の待合室に置くことにした。

　このはじめての試みに対し、卒業生、在校生からさまざまな声が届いた。

「ありがとう。卒業しても、また遊びに来るからね」

「私の式のときにも書いてくれるんですか？」

　駒木さんは、心に決めた。

　書いてよかった。これからも続けていこう。

　翌2014年は、震災ひと月後、世の中がまったく落ち着かないなか、高校に入学してきた子どもたちが卒業する年だった。

　震災から3年、街にはまだ、その傷跡が色濃く残っていた。卒業式の前日、駒木さんは去年と同じように、門出をむかえる高校生たちに向けた応援のメッセージをボードにつづった。

　そして、その翌年も、またその翌年も……。

こうして毎年3月、久慈駅の待合室に卒業生へのメッセージボードが置かれ続けた。

2019年――

駒木さんに転機が訪れる。会社から異動を命じられたのだ。

3月いっぱいで、長らく親しんだ「あまちゃん駅」ともお別れとなった。メッセージボードを書くのも、これで最後だ。

3月1日の朝7時。2019年の卒業生へ向けたメッセージボードを、久慈駅の待合室に置いた。この年の卒業生は震災時、まだ10歳だった。

やがて、高校生たちが乗った電車が駅に到着すると、構内にはにぎやかな声が響く。これまでと変わらぬ朝の光景だ。

生徒たちとあいさつを交わし、いつものように学校へ送り出すと、駒木さんは例年どおり周辺地域の高校の卒業式に出席するため、車で駅をあとにした。

高校へと向かう道すがら――。

車窓から見える街の景色は、震災前と変わらない穏やかなものに戻りつつあった。

あれから8年。道路は整備され、復興住宅の建設も計画の95％が完成していた。復興は着実に進んでいるように見える。

招待された高校に到着すると、駒木さんは卒業式がとり行われる体育館へと向かった。この高校では2019年、36人の生徒が卒業をむかえる。40年前、駒木さんも地域の高校に通う生徒のひとりだった。卒業式は、駒木さんの時代となんら変わりなく粛々と進む。しかし、そこに並んでいる卒業生の状況は、駒木さんの時代とはまるで違う。

卒業生のなかには、津波で自宅を流され、仮設住宅から学校に通った生徒がいる。船を流され、仕事を失った親をもつ生徒もいた。

「震災当時、みなさんは小学校の4年生。家族や地域の人々によって支えられながら、大変な日々を乗り越えてきました……」

校長先生の式辞に続いて、生徒代表が答辞を述べた。

「未来に希望と目標を持ち、それを達成できるよう、学んだことを生かし、一生懸命に取り組んでいきます……」

じっと耳を傾けていた駒木さんは、式が終わると、こんなことを口にした。

「みんな、優等生に見えませんか？」

駒木さんは自分の高校時代を、少し照れ笑いしながら振り返る。

「僕の時代は優等生はひと握り。あとは普通か、グレてるかでしたよ」

一方、いまの三陸の子どもの多くは、将来の目標を明確に話すのだという。

「何になりたい？」

と聞くと
「看護師になる」

「学校の先生になる」

とまっすぐに答える。

駒木さんは、そんな「全員優等生」の彼らに、妙な割り切れなさを感じてしまう。

「僕のときとは、時代が違うんだなぁと感じます。僕は野球部に入っていましたが、途中で辞めてしまって。『大学受験のために勉強する！』と親にいいながら、結局ちょっとダラダラしてしまったり……。いまの子たちのように、ちゃんとがんばってはいなかったなぁと思います」

東日本大震災で被災したことによって、この地域の実情は日本だけでなく、世界中に知れ渡った。世界各地から支援物資が送られ、岩手県だけでも80億円をゆうに超える支援金が集まった。

三陸鉄道にも、その支援金の一部が割り当てられた。いまも現役の36-700形気動車は、津波で廃車になった車両の代わりとして、遠く中東のクウェートから支援されたものだ。車両の側面には支援への感謝の言葉が、アラビア語、日本語、英語で書かれている。

東北の各地域はこのように、2011年以降ずっと、たくさんの人たちに支えられながら復興を目指してきた。三陸の子どもたちも、そのようななか、青春時代を過ごしてきた。

「いろんな人に支えてもらったから、恩返ししなきゃね」

「地域の復興に、みんなで貢献しよう」

親、先生、村長、市長など、さまざまな大人から、8年間ずっとこんな言葉を聞かされ続けてきた。彼らは、それをどう受け止めているのだろう。


「自分たちは、お世話になった社会に対して恩返しをしなければいけない」

どこかで、そう考えなければいけないという義務感を抱いているのではないか。本来なら子どもたちは、ただ普通に元気で自由に生活してくれればいいはず。

「卒業したら原宿や渋谷で遊びたい！」

そういったって全然かまわない。なのに、周りの空気を読んで、自分の本当の気持ちを抑え込んでしまう……。

駒木さんは、そんな高校生たちの〝心の復興〟に目を向ける。

震災からしばらくたっても続く緊張状態のなかで、久慈駅を利用する高校生たちは毎朝、駒木さんに元気な明るい声であいさつをしてくれた。

しかしふと、感じることがあった。

表面的には元気で前向きだけど、果たして心の復興は本当に追いついているのだろうか……。

駒木さんは、みんながみんな優等生のように振る舞う彼らを見ると、心のなかでこう声をかける。


「そんなにがんばらなくてもいいんだよ」


目に見えない重圧が、子どもたちにかかっているのではないか。

「三陸の子どもは多くの人に助けられたから、真面目にちゃんとしないといけない」

そんな風潮に呑み込まれているのではないかと、駒木さんは心配になる。

「10歳で悲惨な状況を目の当たりにしてしまった子どもたちの、心の奥の見えない部分が心配になるんです。津波から逃げて怖かったんだろうなと思うし。震災前にあった近所との付き合いもなくなって、隣に住んでいた人がどこに行ったかもわからなくなっています」

だからこそ大人の役割が大事だと、駒木さんは語る。

「そんな三陸の子どもたちの心の奥を、周りの大人たちが理解して助けてあげてほしい。この駅を通っていく子、三陸鉄道を使ってくれる子はみんな愛おしいですから」

震災後の復興では、岩手県、宮城県、福島県の各海岸で、海と陸を隔てる防潮堤が築かれた。防潮堤の高さは最大で15・5mにもおよぶ。三陸海岸にも当然、防潮堤が築かれた。

駒木さんは無機質なコンクリートの防潮堤を見ると、子ども時代、三陸の海で釣りや潮干狩りをして遊んだ懐かしい記憶がよみがえり、ちょっと残念な気持ちになる。

「海は怖いだけのものじゃない。三陸の子どもは我慢しているように思います。幼いころに、家族で海で遊んだ楽しい記憶もあるはずなのに……。海で遊ぶ子ども時代が奪われてしまい、不自由さを感じている気はしますね」

やはり、ここでも繰り返し、子どもたちの周りにいる人々の果たすべき役目を強調する駒木さん。

「周りがもっと、自由に生きていいんだよと言ってあげられればいいのですが……。それが彼らの助けになるはずですから」


2016年のメッセージボードに、駒木さんはこう書いた。


海が盛り上がって、車が流されて、そんな映像なんか見たくない。

小学生のころ、家族で見た夏の碧い海がいい。

みんな前を向いて生きろと言っても、マイナスからの出発環境なんて辛すぎる。

そんな事を言っている君たちの心の真ん中が心配です。

どうかその分〝いいこと〟がたくさん訪れますように…。

世間の波に呑み込まれないように、どうか皆様助けて上げてください。

そして2019年、1週間ほど考え抜いた最後のメッセージを、子どもたちに残した駒木さん。それを読んだ卒業生のひとりは、こう語った。

「自分たちがいつも見守られていることを感じます」

高校卒業おめでとう
～震災8年、夢と希望の光さす未来へ～

10歳の君たちが、震災に逢った日から、8年が経とうとしています。

幼かった記憶のまま、津波の恐怖を夢に見たりしますか？

君たちの笑顔は、復興と希望の光に違いありません。3年間、早起きして〃さんてつ〃で通学してくれて本当に有難う。

列車通学時の恋心やときめき、部活や勉強の達成感。そんな掛け替えのない毎日を、後で思い返せば、どれ程愛おしい事なのでしょう。

ことしも就職や進学で故郷を離れる仲間も多いと聞きます。

私も転勤となり、ボードを書くのも最後です。あまちゃん駅での思い出、そして皆の夢が叶いますように。
さあ共に光さす未来を目指しましょう。
三陸鉄道青春列車。
いつか三陸に戻ってきて、かわいい子供を育てながら、地元を元気にしてください。
いつまでも青春列車が見守ります。それでは、心を込めて高校卒業おめでとう。

三陸鉄道　久慈駅

089　第3話

子どもたちの背中を押す
卒業へのメッセージボード

〜三陸鉄道　久慈駅〜

第4話

あきらめずに夢をかなえた
50歳からの再出発

～紀州鉄道～

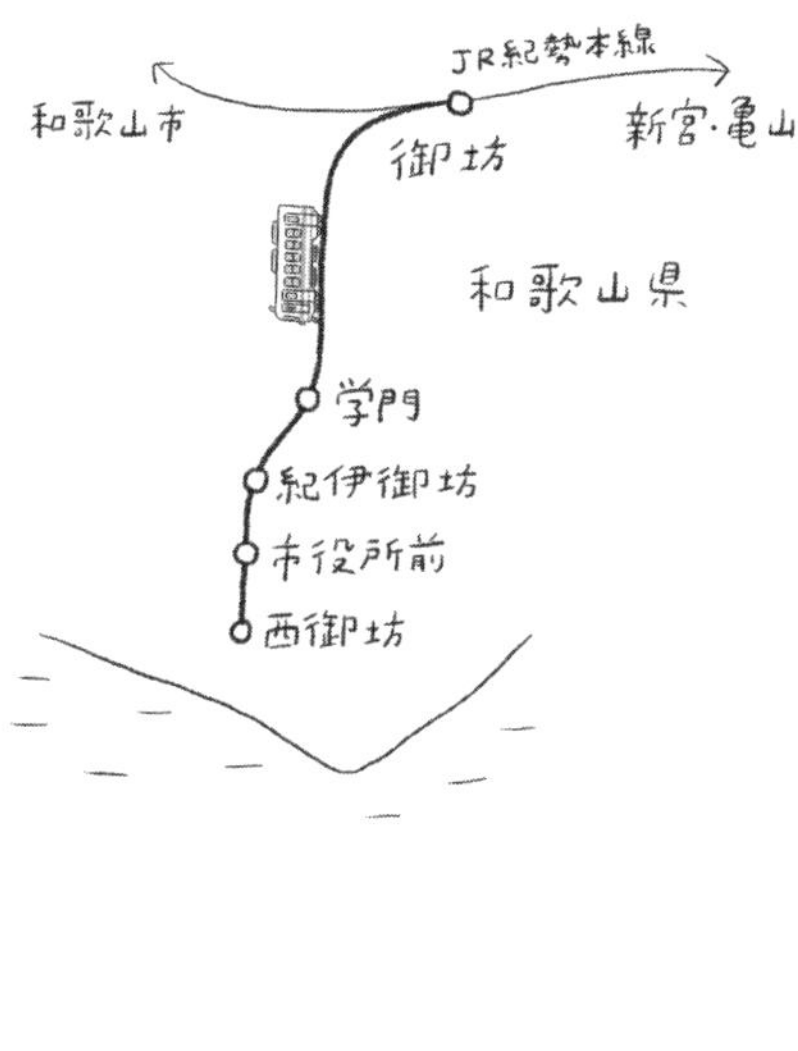

和歌山駅から紀伊《きい》半島の海沿いをめぐるＪＲ紀勢《きせい》本線で、南に1時間ほど下ったところにある御坊《ごぼう》市――。

農業、漁業を主な産業とする、人口2万3０００人ほどの小さな市内に、わずか5駅、全長2・7㎞という日本有数の短さを誇るローカル私鉄が走っている。

今回の物語の舞台となる紀州《きしゅう》鉄道だ。

ＪＲとの乗換駅である御坊駅から終着駅の西御坊駅まで、平均時速20㎞、所要時間8分でつなぐこの路線に、ちょっと変わった経歴の運転士がいる。

途中駅の紀伊御坊駅長も務める、この物語の主人公、大串昌広《おおぐしまさひろ》さん――。

大串さんが電車の運転士になったのは２０１６年、50歳になってからのことだった。

大串昌弘さんは、大阪で生まれた。

子どものころの楽しい記憶は、とにかく電車。父の鋭二《えいじ》さんは、ことあるごとに昌広さんを連れて、電車を見に行った。

近所の天王寺《てんのうじ》駅や吹田《すいた》の貨物ターミナル、ときには京都にあった梅小路《うめこうじ》蒸気機関車館まで、わざわざ足を運んだこともあったという。

093　第4話

あきらめずに夢をかなえた
50歳からの再出発
～紀州鉄道～

そのため、物心つくかつかないころから、昌広さんは列車のそばにいるだけで満足という大の鉄道好きに。幼稚園生のときに、すでに「将来の夢は運転士！」と母の征《いく》子《こ》さんに宣言していた。

やがて高校3年となり、進路を決めることに――。

「運転士になる」という夢を抱き続けた昌広さんは、迷うことなく鉄道関係の仕事につくことを志望。念願かない、大阪市交通局に就職することとなった。

学校から帰宅直後に内定通知を受け取った昌広さんは、うれしさのあまり自宅の廊下を何度も飛び跳ねた。その姿を見た母も、心の底から喜んでいた。

こうして昌広さんは、運転士という夢に向けての第一歩を踏み出した。

大阪市営地下鉄に配置され、運転士を目指して順調にキャリアを積んでいた昌広さん。切符の販売からひとつずつステップアップし、21歳のときに車掌になることが決まった。

そんな矢先、思わぬ知らせが母から届く。

お父さんが病気で倒れた――。

それを聞いた昌広さんがまず考えたのが、家業である精肉店のこと。

すべてを取り仕切っていた父がいなくなれば、店はどうなってしまうのか……。

実際、鋭二さんの状態は、今後は二度と仕事ができなくなると家族も覚悟せざるをえないほど、重いものだった。母の征子さんは、鋭二さんの看病をしながら、ひとりで店も見なければならない。

しかも、当時もうひとつ、やっかいな問題があった。実家と店を新築したばかりだったため、そのローンがまだ3000万円以上残っていたのだ。

「あと2、3年で運転士になれるのに、なんでこんなときに……」

だが、悩むと同時に走馬灯のように、頭のなかをめぐるものがあった。それは、幼いころ父に連れられて列車を見に行った記憶。

「鉄道好きになったのは、お父さんのおかげだ。夢は自分だけのものだけど、親の大変な状況を知ってもなお、自分本位に生きることなどできない」

昌広さんは、運転士になるという夢をあきらめて、家業を継ぐことを決意。両親に相談することなく仕事を辞めた。

実家に戻った昌広さんは、父の店での姿を思い出しながら肉をさばいた。そんな様子を、母の征子さんは複雑な思いで見つめていた。

昌広さんが、精肉店で働きはじめてから1年後――。

父の鋭二さんが、病を乗り越えて店に戻ってきた。奇跡的な回復だった。

復帰した鋭二さんはローン返済のため、これまで以上に働いた。昌広さんも当初は、それを喜んでいた。だが、父と一緒に働くにつれ、次第に心のなかにモヤモヤが広がっていく。

精肉店での経験がほとんどない昌広さんは、当然、なかなか父のレベルにまで届かなった。そんな慣れない手つきの昌広さんを見て、鋭二さんは自分で肉をさばきだす。

あきらめずに夢をかなえた
50歳からの再出発
～紀州鉄道～

昌広さんは得意先への配送と、スライサーで文字通り機械的に肉を切ることだけを任された。

店の作業場にはふたりして立っていたが、昌広さんはあくまで鋭二さんの補助役でしかない。もっとも昌広さんも、当初はそれでいいと思っていた。昌広さんにとって、家族を助けることが最優先だったからだ。

しかし、昌広さんがいくらがんばっても、鋭二さんは一向にその仕事ぶりを認めてくれなかった。職人気質の父が求めるレベルは、息子にとって途方もなく高かった。肉の置き方ひとつとっても、「違う！」と厳しい声が飛ぶ。だからといって、やり方を教えてくれるわけでもない。

その反面、アルバイトの人たちに対しては、鋭二さんはあれこれ教えてあげていた。そんな鋭二さんに対し、母の征子さんが思わず口をはさむ。

「あんたさ、もうちょっと昌広にも話してやってよ」

だが、鋭二さんは聞く耳を持たなかった。

あきらめずに夢をかなえた
50歳からの再出発
〜紀州鉄道〜

鋭二さんの考えはこうだった。

仕事は見て盗め。職人とはそういうものだ——。


鋭二さんはもともと口数が少なく、黙々と仕事をするタイプ。一方の昌広さんも、父の血を継いで、自分の気持ちを言葉で表すのが苦手だった。

ふたりのあいだの会話は、徐々になくなっていった。店の作業場から自宅の居間に至るまで、いつの間にか、冷たい空気が張りつめていた。


仕事のことで鋭二さんにきつく当たられ続けた昌広さんは、次第に居場所を失っていった。

「父親がサラリーマンだったらよかったのに、商売なんかやってるからこんなことになったんだ。自分の好きなように生きたかった」

実際、なかば自暴自棄になり、黙って家を出ていったことも何度かあった。

「こんなことなら、なんで運転士の夢をあきらめたのか。一度しかない人生、ほかに方法はなかったのか……」

そう、自分を責める毎日だった。

両親は口に出して語ることはないにせよ、自分に対して申し訳ないと感じていることは、なんとなく察していた。だからこそ昌広さんは、余計に気持ちの持っていきようがなかった。

鋭二さんも、息子の気持ちがここにないことを感じていた。

昌広さんのなかのモヤモヤは、いつしか抱えきれないくらい大きくなっていた。

こうして10年、20年と時間だけが過ぎていった２００７年のある日――。

すでに40歳を超えていた昌広さんに転機が訪れた。

元鉄道マンで地元の祭りの中心人物でもあった昌広さんに、紀州鉄道のファンを増やすための子ども向けイベントを、ボランティアとして手伝ってほしいという依頼がきたのだ。

「また鉄道とかかわることができる」

昌広さんはこの話を喜んで引き受け、紀州鉄道の職員にさまざまなアイデアを出して協力した。

昌広さんのアイデアを採用したイベントは、これまでにないほど人を集めた。それ以降も、ことあるごとに紀州鉄道から声をかけられ、イベントの企画やPR活動を積極的に手助けした。

精肉店の仕事と掛け持ちするのは容易ではなかったが、趣味のつもりではじめた活動に昌広さんはどんどんのめり込んでいく。

駅を使った本の読み聞かせ会。実際の車両を使った試乗イベント。Nゲージの展示や、鉄道の模型を使った遊びなどなど。

これまで、ずっと内に秘めてきた鉄道への強い想いと、地域の祭りなどを通じて築き上げた人脈を武器に、昌広さんは次々とイベントを成功に導く。

母の征子さんはその様子を見て、心が少し軽くなった。

「好きなことをやれるようになったことで、息子の気持ちが徐々に穏やかになっていくように感じたんです」

あきらめずに夢をかなえた
50歳からの再出発
〜紀州鉄道〜

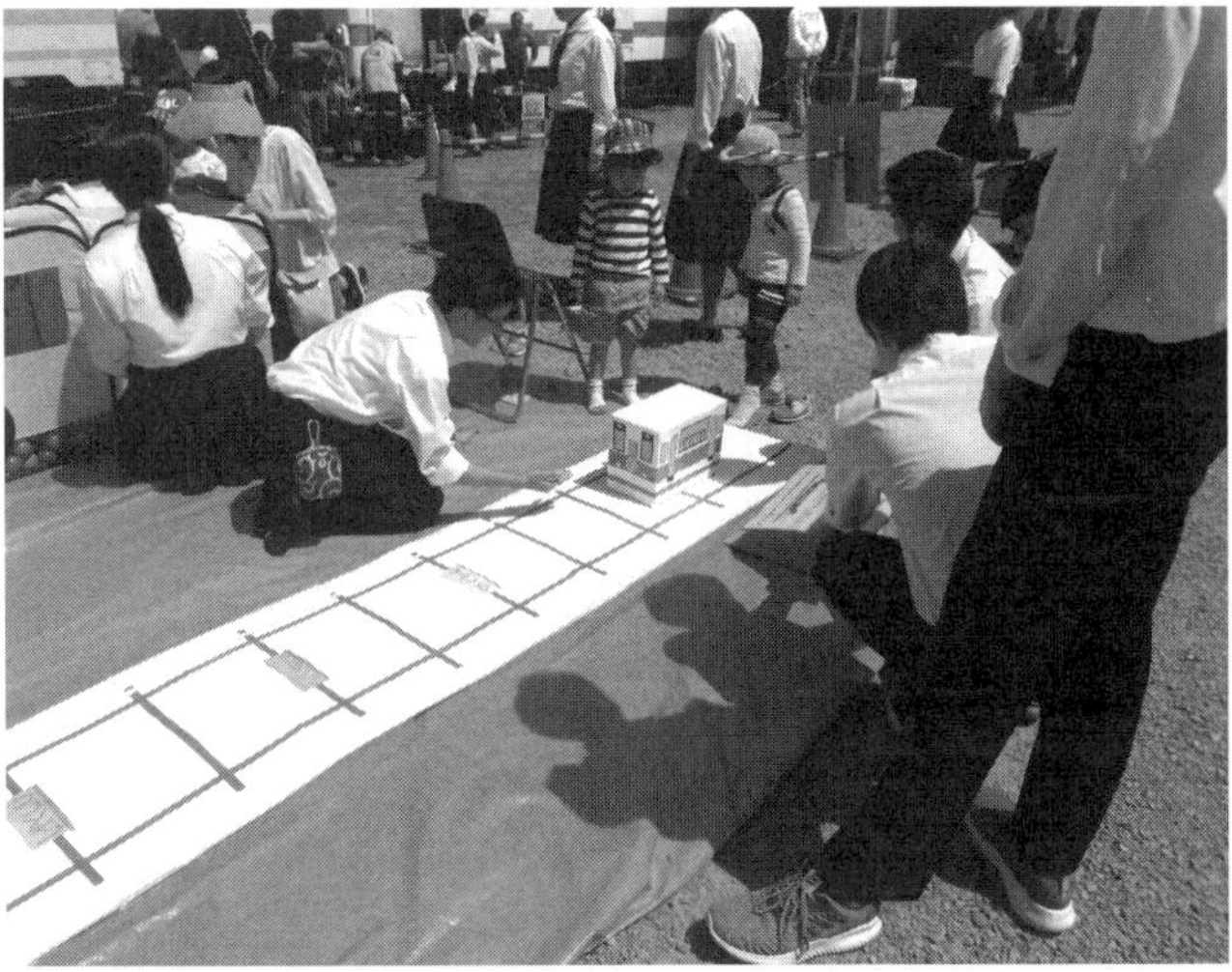

その後、２０１４年――。

ボランティアとして応援してきた地元の紀州鉄道から、思いがけない誘いを受ける。

「正社員として、一緒に働いてみませんか」

紀州鉄道は、鉄道が大好きで、イベントにも力を尽くしてくれた昌広さんの能力を高く買っていたのだ。


昌広さんはまさか、また鉄道員として働ける日がくるとは思ってもみなかった。

ただし、心配事もあった。両親と店のことだ。

自分が会社に入ることで、精肉店の仕事がおろそかになり、両親に負担をかけてしまう……。

だが、昌広さんは心を決めた。

「20年以上がんばってきたんだからいいじゃないか。残り少ない人生、後悔だけはしたくない」

そして、かつて大阪市交通局を辞めたときと同様、誰にも相談せず、自分なりの答えを出す。

紀州鉄道に入ってからも、精肉店の仕事は変わらず続ける――。

父も母もこの決断に対し、口では何もいわなかった。だが、心のなかでは、息子の再出発を誰よりも喜んでいた。

こうして昌広さんは、紀州鉄道に入社し、大好きだった鉄道の仕事に打ち込むとともに、休みの日など空いた時間に店を手伝い続けた。

すると入社から1年後、上司からある打診を受ける。

「運転士試験を受けてみないか？」

紀州鉄道は運転士の高齢化にともない、そのなり手を探していた。とはいえ、50歳を目前にした昌広さんに声をかけるのは異例のこと。

実は、昌広さんのかつての夢を知っていた上司のはからいだった。うれしさはあった。夢をかなえる最後のチャンスだと思った。

だが、夢だったはずの運転士になった自分を想像すればするほど、気持ちは重くなっていった。

運転士は多くの人の命を預かる仕事だ。ただ漠然と〝夢〟を追いかけることができた20代とは状況が違う。精肉店との兼業で、ただでさえ体力的にきつい。さらに、重い責任のある仕事など、本当にやれるのだろうか……。

正社員になるときとは、比べものにならないくらい悩みに悩んだ。だが、昌広さんは運転士試験を受けることを、ついに決断する。のしかかる重圧を退けたのは、21歳という若さで夢をあきらめたときに感じた「悔しさ」だった。

「家族のために、と思って夢をあきらめ家業を継いだものの、いったいそれで誰が幸せになったのだろうか……」

笑顔もなく、ただ借金を返していく日々。どう考えても、そうしたこれまでの日常が、夢をあきらめるに値する意味があったとは思えなかった。

なにより年齢を考えたら、間違いなくこれが最初で最後のチャンスだ。

「今度は自分のために人生を決める」

運転士の試験を受けると決意してから、仕事の合間合間や終業後の時間を使い勉強を続けた。試験は筆記だけではない。車両点検など厳しい実技の審査もある。ときには、1日8時間も勉強するなど、努力に努力を重ねた。

半年後、20代、30代の若者に混じって試験に挑んだ。

結果は見事、一発合格だった。

心のなかのモヤモヤも、この瞬間、キレイさっぱり消えてなくなった。

もっとも、試験に合格したとはいえ、うれしさはほとんど感じなかった。試験前に心にのしかかった「命を預かる」という重い責任、さらにきつさが増す精肉店の仕事との兼ね合いなどを考えると、とてもではないが浮ついた気になどなれなかった。

そして現在――。

運転士になったいまも、昌広さんは精肉店の仕事を手伝っている。シフトが遅いときは朝の配達や仕込み。逆に早番のときは閉店後の店の整理。休みの日は1日中、精肉店に張りつく毎日だ。

「運転士をやりながら、同時に肉屋もやるのは体力的にはきつい」

そう語る昌宏さん。

実際、仕事が終わって運転席から降りると、「今日も1日やり遂げた」という思いでいっぱいとなる。

昌広さんと鋭二さんは、相変わらずほとんど言葉を交わさない。お互いの気持ちを話すことはなく、仕事中は必要最低限のやりとりをするだけ。

ただし、昌広さんは30年間、ずっと逃げ出したいと思い続けた実家の仕事に、やっと正面から向き合えるようになった。

運転士になったことで、父親が職人として一生懸命働く姿を認める、心の余裕が生まれたのだ。

昌広さんは話す。

「高齢な両親ですし、精肉店をどうしようかと思っています。父親が亡くなったあと、私ひとりで店をやるのは難しいですし……。ただ、それまでは、自分にできることはしてやりたいなって思います」

一方の父、鋭二さんはこう語る。

「もう自分の代で肉屋は閉めていいと思っているんです。息子が好きな道に入ってくれてうれしいし、そこでがんばってくれれば」


もちろん、こうした気持ちを口に出して確かめ合ったことなどない。お互いを思いやればやるほど、すれ違ってしまう親子の気持ち……。

そんなふたりの姿をずっと見てきた母、征子さんの願いは、ふたりがいつか本音で言葉を交わしてくれること。

「もうほんまに、ふたりは性格が似すぎてるんですよ。お互いにちょっと話してくれたらええのにねえ」

昌広さんは、「自分の夢」の持つ意味が年齢に応じて変わってきたという。

「結局、運転士になる夢自体は自分のためのものです。でも、その夢をかなえる自分の姿が、親にとってはうれしいものだったんだろうなと思います。夢をあきらめさせた負い目もあったんだと思いますし……」

そして、すっきりとした現在の胸の内について、こう語る。

「20代とか、自分のことしか見えていなかったころは、自分の夢が誰かのためになるなんて思いもしませんでした。いまとなっては、大阪の地下鉄で運転士になるという夢がかなわなくてよかったかもしれません。こんな年齢でかなえたからこそ、その意味を理解することができたのですから」

いま、昌広さんは、運転士の経験をある程度積んでからでないとなれない運転管理員の資格取得を目指している。

50歳から再びはじまった鉄道とともに歩む人生。昌広さんの運転する列車は、家族の夢を乗せて、これからも前に進み続ける。

第5話

利用者を見守り続ける駅のなかの理髪店

～JR小浜線 加斗駅～

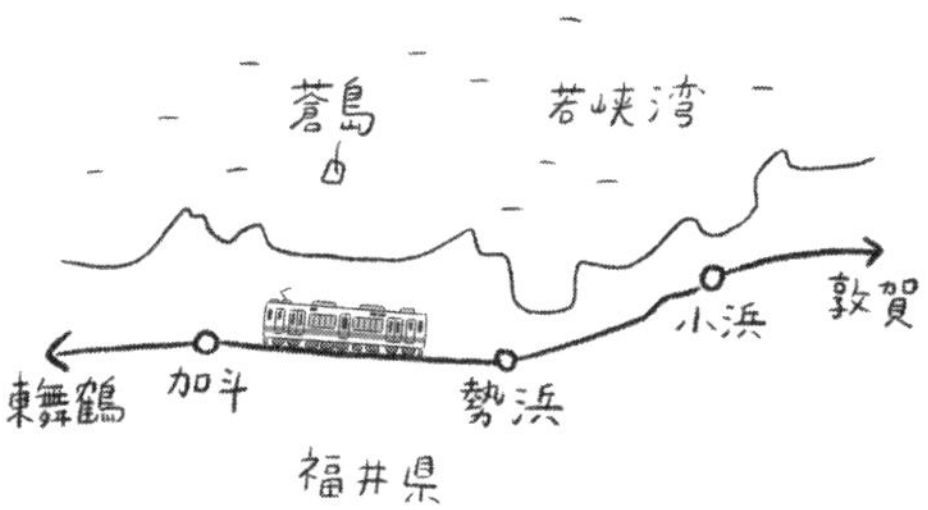

福井県の敦賀《つるが》駅と京都府の東舞鶴《ひがしまいづる》駅を結ぶＪＲ小浜《おばま》線――。

その途中、福井県南部にある加斗《かと》駅は、ホームの片隅から小浜湾と、原生林が生い茂る国の天然記念物、蒼島《あおしま》を見ることができる静かな駅だ。

さらにこの駅には、めずらしい風景がある。

それは、駅のなかにある理髪店――。

１９２１年に開業した駅の入り口には、理髪店の店先で見られる赤、青、白３色のサインポールが回っている。


午前7時24分――。

毎朝、この時間に加斗駅のホームに降り立つ女性がいる。

今回の物語の主人公である塚本朝子《つかもとあさこ》さん。

朝子さんは、駅のなかにある理髪店の店主だ。と同時に、たったひとりの駅の〝見守り係〟でもある。

座布団が敷かれたベンチや花が飾られた窓口。毎朝、朝子さんは駅舎をキレイに整え、乗客がやって来ると慣れた手つきで切符の販売を行う。

第5話

利用者を見守り続ける駅のなかの理髪店

～ＪＲ小浜線 加斗駅～

そして、電車が来ない時間帯に、お客さんの髪をカットする。なかには、髪を切ってもらうためだけにわざわざやって来た、外国人観光客もいるという。

実は、ここでお客さんの散髪をするとともに駅を管理していたのは、朝子さんだけではない。夫の久夫《ひさお》さんも一緒だった。


かつて、夫婦が営む「ヘアーサロン塚本」は、加斗駅のすぐ向かいにあった。ところが1995年、借りていた土地から立ち退きを迫られてしまう。

「親から引き継いだ理髪店を、なんとしてでも残したい……」

だが、店をたたむ以外に手立てがなかった。

「これからは外に働きに出ようか」

今後のことを相談していた矢先、JRの職員から思わぬ申し出があった。

「お店を、駅舎に移転するのはどうですか？」

「ただし」と続く。

「切符の販売など、駅の業務もやっていただくのが条件ですが」

ふたりは、ワラにもすがる思いでこれを引き受けた。

移転の話を持ち掛けたのは、ＪＲ西日本金沢支社の小浜鉄道部長だった金吾《きんご》愷司《けんじ》さん。夫婦が恩人と語る人物だ。

金吾さんが、理髪店の移転を持ちかけた理由、それは夫婦が加斗駅のことを愛してやまなかったことを知っていたからだ。

「ご夫婦は長い間、加斗駅の周りの掃除をやってくれていたんです。だから立ち退きの件を聞いていながら、知らん顔はできませんでした」


かつて、小浜線にＳＬが走っていたころ、加斗駅には駅員が常駐していた。しかし、１９７１年にＳＬが引退してからは業務の簡素化が進められ、その2年後には無人駅となってしまう。

ちょうどそのころ、朝子さんは久夫さんと結婚し、駅の目の前で営業していた理髪店を父から継いだ。

ところが、無人化した加斗駅の環境はどんどん悪くなるばかり。雑草は生え放題で、ゴミは散乱。トイレのにおいも気になる。そのうえ、落書きなどのいたずらも増える一方だった。

こんな変わり果てた駅の光景を見て、朝子さんはさみしく思った。

1951年、朝子さんが3歳のころに理髪店はオープン。以来、朝子さんは加斗駅とともに生きてきた。学生時代、冬場にストーブがたかれた駅員室で暖を取らせてもらったこともある。

そこで、久夫さんとともにボランティアでゴミを拾い、花を飾るなどして、みんなが駅を気持ちよく利用できるよう、環境整備をはじめた。

しかも、駅をキレイにしていることを、ふたりは誰にも言わなかった。金吾さんは、そういう人柄に心を打たれ、移転を持ち掛けたのだ。

こうして、朝子さんと久夫さんは、理髪店を駅に移して営業を再開した。

だが、駅と理髪店の仕事を掛け持ちするのは思った以上に大変だった。

ふたりは毎朝7時すぎに駅に着くと、まずプラットホームやトイレを掃除する。投げ捨てられた空き缶やペットボトルも、水洗いしてからきちんと干して乾かす。

そして、朝8時半ごろに理髪店をオープン。ただし、たとえお客さんにシェービングをしているさなかであっても、列車が到着したら窓口業務を優先して乗降客への応対にあたらなければならない。

理髪店には定休日をもうけていたが、当然、駅に休みはないのでお正月の2日間以外は毎日、駅に通勤。冠婚葬祭など本来なら夫婦そろって出かけなければならない場合も、どちらかは駅に残って業務を行った。

それでも、熱心に加斗駅で仕事をし続けてきたのは、立ち退きの危機から救ってもらった感謝をずっと忘れなかったからだ。

もちろん、ふたりの駅を愛する気持ちも変わらなかった。続けてきたのは、頼まれた切符の販売だけではない。

ホームの周りに生えた雑草を、ていねいに刈るのは久夫さんの仕事。駅舎の軒下《のきした》には、久夫さんお手製の空き缶でできた風車がぶら下がり、四季折々の花も飾られる。種からまいて育てたコスモスが、ホーム一面を彩ることもあった。

「駅に人がいてくれるから安心できる」

なかには、世間話をするためだけに駅に立ち寄る人もいた。

そんな働きづめの日々を送っていた、２０１５年のこと――。

久夫さんの肺にガンが見つかる。

朝子さんは久夫さんの療養中、ひとりで理髪店と駅の業務を続けた。

理髪店の常連客から久夫さんのもとに、「元気になって、また髪を切ってほしい」という励ましの手紙も届いた。

手紙を読んだ久夫さんは心に決めた。

「幸せなこと。だから、乗客や常連客のためにも絶対に治してまた加斗駅に立つ」

その想いどおり、病に打ち勝った久夫さん。

退院からわずか1週間後には、加斗駅で朝子さんとともに駅の業務にあたりながら、お客さんの髪を切る久夫さんの姿があった。

「あと何年やれるかわからないけど、みんなから、ここにいてよかったっていうても

HANSHIN
Tigers
HANSHIN Tiger

らえる限りは、使命感を持って仕事をやりたい」

だが、こうして再び駅で働き続けていた久夫さんに、またもガンが襲いかかる。そして2018年の夏、この世を去った。74歳だった。

病床でも久夫さんは、駅のことをしきりに気にしていた。うなされながら朝子さんにかけた最後の言葉、それは「切符、切符」だった。

とうとう、ひとりになった朝子さん。仕事をどう続けていいのかもわからず、途方に暮れた。JRからも、「ひとりでは、もうできないのでは?」といわれるだろうと思っていた。

「これまで、理髪店をしながら駅を守ってこられたのは、お父さんがいたから。ひとりになったいま、もうやめるしかない……」

ところが、久夫さんが亡くなった翌日のこと――。

朝子さんは、JRが乗客に向け駅の状況を説明するため張り出した、1枚の告知を目にした。そこにはこう書かれていた。

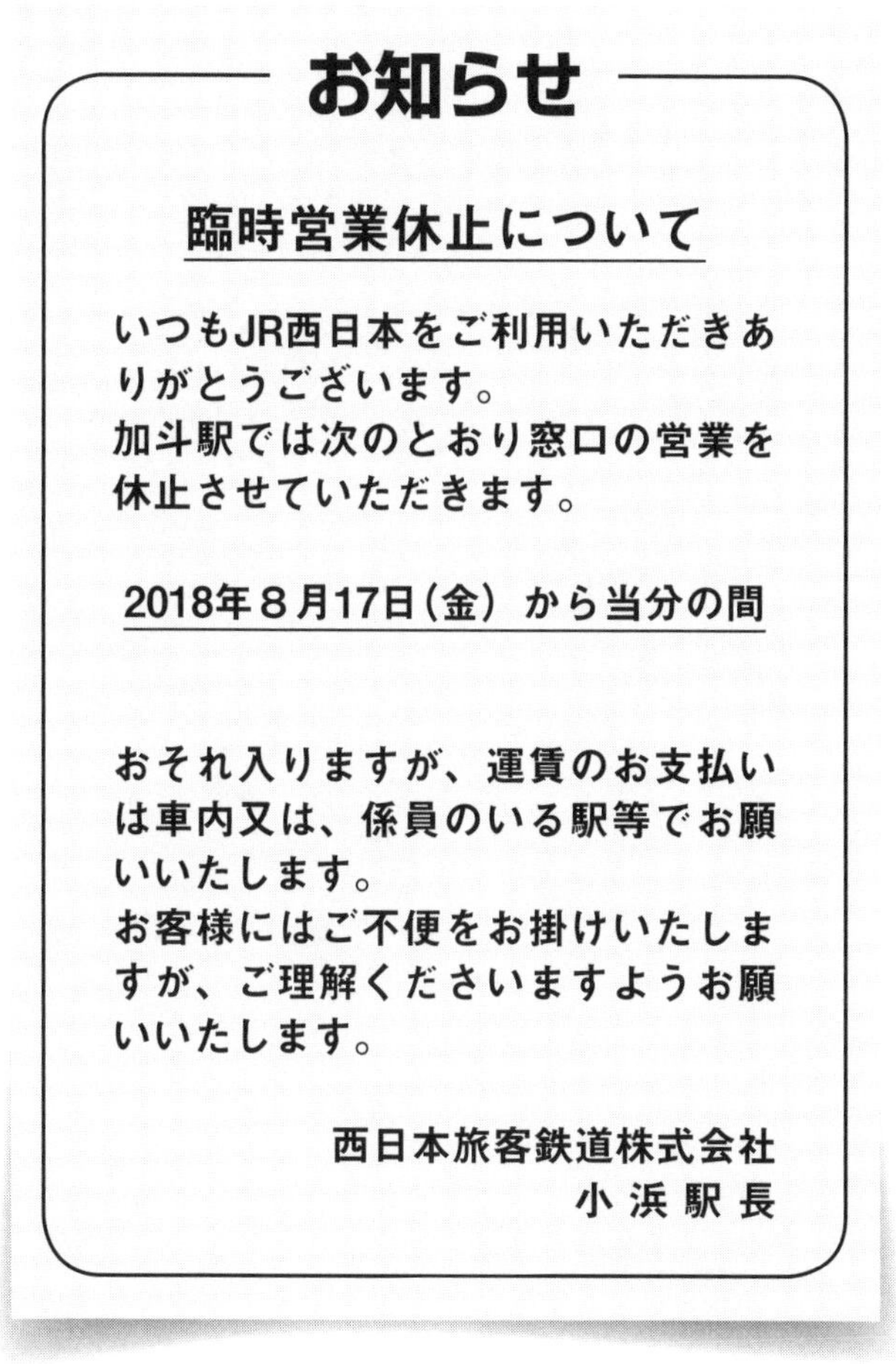

お知らせ

臨時営業休止について

いつもJR西日本をご利用いただきありがとうございます。
加斗駅では次のとおり窓口の営業を休止させていただきます。

2018年８月17日（金）から当分の間

おそれ入りますが、運賃のお支払いは車内又は、係員のいる駅等でお願いいたします。
お客様にはご不便をお掛けいたしますが、ご理解くださいますようお願いいたします。

西日本旅客鉄道株式会社
小浜駅長

朝子さんは読んでみて、こう思った。

「〝当分の間の休止〟とは、つまり、しばらくはお休みだけど、この先ずっとではないということ。ということは、駅での仕事をまた再開できるかもしれない」

ＪＲ側が、仕事を続けるかどうかの判断を自分に委ねてくれている——。

張り紙の文面から、朝子さんはそんな気がした。

と同時に、亡くなった久夫さんからのメッセージとも思えた。

「お父さんの『僕がいなくても仕事を続けてほしいな』という想いが、ＪＲさんに伝わったんじゃないかなと思ったんです」

駅の仕事をすることは、いつの間にか、夫婦にとって理髪店よりも大切なことになっていた。

久夫さんの意志を継ぎたい——。

朝子さんは、ひとりでもできる範囲で仕事を続けていくことを決めた。

いま、朝子さんは毎朝5時に起きる。

自転車とバスを乗り継いでいつもの電車に乗り加斗駅に着くと、まずは駅の清掃からはじめる。

久夫さんと一緒にやっていたときと同様、プラットホームやトイレを掃除し準備が整うと、切符を販売する窓口に座ってお客さんを待つ。

加斗駅の1日の乗降客数は70人ほど。1時間におよそ2本の列車がやって来る。

駅を訪れる人の大半は、学校に通う子どもや地域に住むなじみの顔ぶれだ。

朝子さんは朝、みんなを「いってらっしゃい」と見送り、夕方になると帰ってくる人たちに「おかえり」と声をかける。

現在は予約制で受けつけている理髪店の営業と駅の業務を終え、午後7時になると家路につく。


朝子さんは、ひとりで加斗駅を守るようになってから気がついたことがある。

それは久夫さんの使命感を、ずっと支えてきたもの――。

「〝恩〟だけでは、とてもできない仕事だったと思います。好きじゃなかったら続けられません。駅でのお客さんとのふれあいが大切やったんですね。だから最後の言葉も『切符、切符』やったと思います」

朝子さん自身も、毎朝、自転車と電車で1時間かけて駅に来るのは、正直きついという。ただ、たとえ理髪店の営業をやめたとしても、加斗駅のことは「やめろといわれるまで守り続けたい」と語る。

「ここへ来るとホッとします。いつものお客さんに会うと自分も癒される。駅と一緒に成長してきたから、これからもそうやってみんなとふれあいたいなと思いますね」

朝子さんは、この駅で今日も、みんなを見守り続けている。

利用者を見守り続ける
駅のなかの理髪店
～ＪＲ小浜線 加斗駅～

第6話

親子の心と心を結ぶ記憶で描いた鉄道画

～西武鉄道～

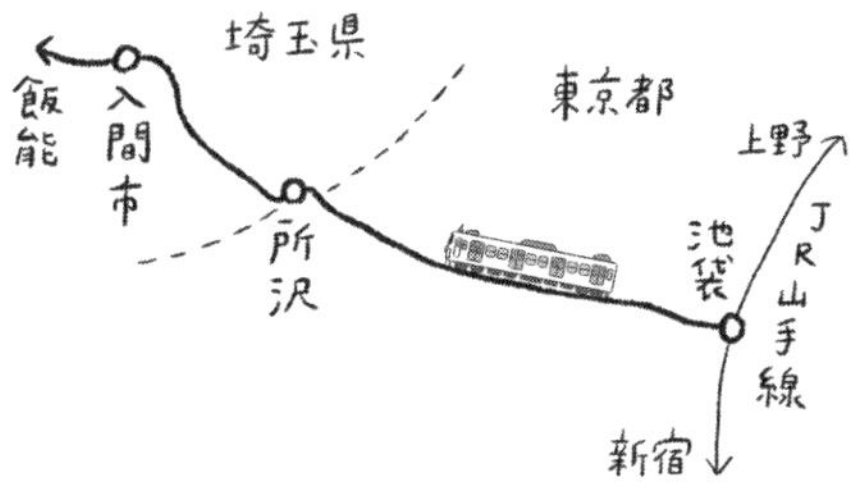

東京と埼玉を結ぶ西武鉄道。

赤電と呼ばれる旧型電車が西武池袋線の入間川橋梁《いるまがわきょうりょう》を走るのどかな風景を、そのまま切り取ったように描いた鉄道画——。

細部まで丁寧に描きこまれた緻密で写実的なこの作品、驚くことに記憶を頼りに描かれたものだ。

描いたのは、今回の物語の主人公、福島尚《ふくしまひさし》さん。

幼いころから鉄道が大好きで、45年にわたり、鉄道の絵を描きつづけている。

尚さんは、自宅近くの電車はもとより、旅先で見た列車の走る姿も一切下書きせず、記憶をたどりながら描いていく。

尚さんがはじめて鉄道の絵を描いたのは、4歳のときだった。

当時、母親のキヨさんは幼い尚さんを連れて、家の近所を走っていた西武新宿線の電車がよく見えるところまで足を運んでいた。そのころの尚さんをこう振り返る。

親子の心と心を結ぶ
記憶で描いた鉄道画
～西武鉄道～

「2歳くらいのころから、目を離すといつも線路の近くにいました。絵だけじゃなくて鉄道の模型をつくるのも好きで。当時は、鉄道が好きなどこにでもいる子どもだと思っていました」

ところが尚さんは、同い年の子どもたちが言葉を話しはじめる3歳になっても無口だった。両親は「あれ、おかしいな」と思うこともあったが、「そのうち、しゃべるようになるだろう」と、当初はそれほど気にもとめなかった。

だが、その後も尚さんは、ほとんど言葉を口にしない。あるいは、勝手に歩き回り線路のなかにまで入ってしまうこともあった。

幼稚園では、子ども同士でふざけっこをしている際、体を触られることを異様に嫌がった。

心配になった母のキヨさんが幼稚園の先生に相談したところ、「この子は言葉が出ないので、児童相談所へ行ってみてください」といわれる。

のちに尚さんは「自閉症」と診断されるが、40年以上前の当時、自閉症に対する世間の理解度は、いまよりはるかに低かった。子どもが自閉症になるのは、親の育て方が悪いからという誤解が、当たり前のように信じられていたのだ。

そのため、児童相談所の職員も母親のキヨさんに対して、はっきりと「自閉症」だとは伝えなかった。ただ、「大きくなっても、引きずるでしょう」と説明されただけだったという。

「はっきり診断してもらえれば、こっちも何か取り組みを考えるのに……」

腑《ふ》に落ちなかったキヨさんに対し、ある職員が尚さんのことをこう表現した。

「尚くんの人生は、スローモーションの人生です」

そのときキヨさんは、それがどういう意味なのか理解できなかった。

相変わらず尚さんは、鉄道の絵を描くときは、とてもいきいきとしていた。

この子には好きなことがある。好きなことがあってよかった。

当時、キヨさんは心からそう思った。

小学校に入学しても尚さんは無口で、夢中なのは鉄道だけ。

「お父さん」

「赤ちゃん」

口にする言葉も、このたったふたつしかなかった。

当然、父親の清《きよし》さんの心配もつのる一方となった。

「かわいいね、おもしろいね、楽しいねなんていっていられる幼いころは、親もまだいいんです。ところが、段々と成長していくときもそうだと、ちょっと待てよ。時計は止まってるわけじゃねえぞ、という気持ちになるわけです」

やがて小学校高学年になると、尚さんはひとりで鉄道を見に出かけるようになった。言葉も少しずつだが「おはよう」「ありがとう」からはじまり、使える単語も増えていった。

ただ、学校へ行ってもじっと座っていられない。ものの使い方もなかなか覚えられ

ない。そんな尚くんをおもしろがって、クラスメートたちは追いかけ回す……。

それがストレスとなり、帰宅すると窓ガラスを割ったり、壁に穴を開けたりすることもあった。あるいは、勝手に人の家に上がり込んで、冷蔵庫をのぞき込んでいることもあったという。

そんなとき、いつも尻ぬぐいしていたのは母のキヨさんだった。


中学校に進学しても状況は変わらず。

友だちをつくろうとせず、相変わらずひとりで鉄道の絵ばかり描いていた。

昔から鉄道の絵を描いているときの尚さんは、大人しくて手がかからないいい子だった。その時間は両親にとっても、安心できるひとときだった。

しかし、父親の清さんは次第にこう思いはじめた。

「子どもに好きなことばかり熱中させて、周囲に溶け込むことをサポートしないのは、親のずるさではないか」

尚さんが中学を卒業すると、両親は将来を思って仕事に就かせることにした。電気製品の基板を組み立てる工場で、はんだ付けを任された。

尚さんは作業の覚えこそ、人よりも遅かったが、繰り返し教わるうちに、自然とできるようになった。しかも、集中すると作業を猛スピードでこなす。そんな尚さんのことを、勤め先の社長も愛情を込めて厳しく指導した。

ようやく、ひと安心した清さんだったが、やがて心配していたことを職場から聞かされることになる。

「尚さんは職場でも、仕事の合間に鉄道の絵を描いていますよ」

このままではいけない――。

そう思った両親は考え抜いた末、息子から絵を奪うことを決めた。

絵を描く道具を、尚さんに気づかれない場所に全部隠す。これまでは画用紙も絵の具も買い与えていたが、一切それもやめてしまった。

さらに父の清さんは、これまで尚さんが描きためてきた鉄道の絵を、1枚残らず焼き払った。

とにかく、息子には仕事に集中してほしい――。

すべては、社会の一員として生きられるようにと願う、親の愛情ゆえの決断だった。

絵を描く道具から自分の絵まで、すっかりなくなってしまった部屋を見て、尚さんはポツリと口にした。

「部屋が広くなってよかったね」

清さんは今度こそ期待した。

これで息子は鉄道以外のことにも、きっと興味を持ってくれる――。

ところが、それ以降、尚さんに異変が起きるようになる。

いままでになかった強い歯ぎしりをする。仕事場でも自分の作業が終わると、身勝手な行動をして周りに迷惑をかける……。

母のキヨさんにも理解できない、衝動的な行動をとることも多くなっていった。

職場へ向かう道の途中で犬に吠えられると、尚さんは毎回、一緒になって「ワンワン！」と吠える。近所からは、そんな尚さんへの苦情が届く。

尚さんの行動に手を焼いたキヨさんは、ついに厳しい言葉を投げかけた。

「ワンワンと吠えるならあなたは犬です！」

「家に入ってはだめです！」

「犬小屋を買いに行きましょう！」

母の強い言葉を聞いた尚さんは、「もう吠えません」と誓い、それ以降二度と犬と一緒に吠えることはなくなった、が……。

ある日、尚さんは勤め先の社長を蹴飛ばすという事件を起こしてしまう——。

尚さんは、当時の心境を振り返って「パニックだった」と話す。

一方、両親は頭を抱えた。

息子はなぜ社会に適応しようとしないのだろう……。

絵を取り上げてから2年——。

両親は次第に、尚さんの行動が荒れているのは自分たちが絵を取り上げてしまったことが原因ではないか、と思うようになっていた。そして、息子に声をかけた。

「もう、好きなことをしなさい」

ふたりは尚さんに、2年ぶりに隠していた画用紙や絵の具を渡した。

道具を受け取ると、尚さんは笑顔で以前より楽しそうに絵を描きはじめた。再び絵を描きはじめてから、尚さんが不可解な行動をとることは目に見えてなくなっていった。

職場へも自ら出勤するようになった。

そして1995年、はじめての展覧会を開く。その際にアドバイスを受け、背景も描くようになった。

やがて、尚さんが描く鉄道画は、人々の注目を集めるようになっていく。

「尚さんの絵を見たい」

「尚さんの絵を飾りたい」

どこからともなく噂を聞きつけて、そんな声が全国から両親のもとに届いた。

なかには、「尚さんの絵を購入したい」という声もあった。


両親は、あとになってこう話す。

「よかれと思ってしたことが、間違いだった。とんでもないことをやっちゃったなと、反省しました」

「社長を蹴飛ばすくらい、こいつには絵が必要だったんだなあと。こいつの自由を奪ったから、あんな行動に出たんだなあ」

その反面、尚さんの絵が注目されるようになったからとはいえ、手放しで喜んでいるわけでは決してない。

清さんはこうも語る。

「周りからはもうここまで描けるんだから、一人前の画家を目指したほうがいいよといわれるけど、オレはまだ半信半疑だよ」

親だからこそ気にかけてしまう子どもの未来——。

尚さんが画家として生きていくのは、いうほど簡単ではないことを、両親は誰よりも知っている。

両親と暮らす尚さんの生活はいま、とても規則正しい。

毎朝8時半に自転車で仕事場へと向かい、終業後は自宅に帰っておやつを食べながらひと休み。

晩ご飯の時間になると、父親の清さんと1缶のビールを分け合って飲みながら食事をし、食べ終わると絵の制作に取りかかる。

夜9時から11時までの約2時間、集中して描く。

休みの日になると、部屋にこもって描きたいだけ絵を描く。

母のキヨさんはあのとき、児童相談所の職員がいった「スローモーションの人生」

親子の心と心を結ぶ
記憶で描いた鉄道画
～西武鉄道～

という言葉の意味を、ようやく理解できるようになったという。

「子どもと一緒に親も成長するんです。はじめはそれを理解できなかったけど、いまはわかります。20歳のときに精神的には6歳くらいと診断されました。いまはそれより大きくなって、中学生くらいですかね」

最近の尚さんは、ひとりで外食にも出かけられるようになった。

出かける際はキヨさんに、「いまからおそばを食べに行ってきます」というように、行き先をきちんと告げてから出かける。向かう先は、尚さんの絵を飾ってくれたことのある近所の飲食店だ。

キヨさんはお店の人に「もし、お会計がうまくできなかったら連絡してください」と尚さんのことを頼んでいる。

尚さんの絵を飾ってくれるお店が多くなることは、それだけ、ひとりで出かけられる場所が増えること——。

キヨさんは、そのことをとても喜んでいる。

また、大きな変化として、あれほど好きだった電車を見に行く頻度が減ったという。その分、部屋でひとり過ごすことが多くなった。

「電車を見に行かないことも、ひとりで部屋にいる時間が増えたのも、成長なのかもしれません」

キヨさんは、そう受け止めている。

2019年6月、埼玉県熊谷市で尚さんの展覧会が開かれた。展示されたのは、尚さんがこれまでに描いたさまざまな鉄道画。

鉄道好きの人もそうでない人も、訪れた人はみな、尚さんの独特な絵に一目で魅了された。

2001年に制作された「潮風 JR八戸駅」は、電車の上にたくさんのウミネコが飛び交う臨場感ある作品だ。

尚さんが、母のキヨさんの故郷である青森県八戸を訪れて駅を見たときは、ウミネコ数匹がおとなしく架線柱に止まっていた。ところが尚さんの絵では、ウミネコが勢いよく羽ばたいている。

また、2008年に描いた「故郷便り 十和田号」では、東京の上野駅から青森へと向かう夜行列車を描いている。

現在は役目を終え、群馬県の「碓氷《うすい》峠鉄道文化むら」に保存されているEF80系電気機関車とうしろに連結されている郵便車を、尚さんは絵のなかで走らせた。

尚さんの展覧会には、1週間でおよそ2500人が訪れる大盛況だった。

息子の好きなことが息子の未来を広げている。

不安はある。でも、両親は尚さんを応援していくことを決めた。

尚さんは、鉄道画家としての道を歩みはじめようとしている。

JR

EF 80 63
十和田

第7話

人と人の縁をつなぐ服を着た小便小僧

～JR浜松町駅～

巨大オフィスビルや大企業の本社が立ち並ぶ、東京有数のビジネス街、港区浜松町《はままつちょう》。その玄関口であるＪＲ浜松町駅は、山手線と京浜東北線が乗り入れ、１日におよそ16万人が利用する。頭上には、羽田空港と都心を結ぶモノレールが行き交う。
そんな、あわただしい都会の駅の片隅に、この駅のシンボルにもなっている意外なものが立っている。
服を着ている小便小僧の像だ。

置かれているのは、３番線山手線外回りホームと４番線京浜東北線南行きホーム上、隣の田端《たばた》駅寄りの端。ずっとこの場所で、小便小僧は人々に愛され続けてきた。

この小便小僧が服を着はじめてから60年以上がたつ――。
公園や庭など、日本中のさまざまな場所に小便小僧の像はあるが、その大半は裸だ。それに対して、浜松町駅の小便小僧が服を着ているのには、理由があった。

ホームに小便小僧が置かれたのは１９５２年のこと。

第7話

人と人の縁をつなぐ
服を着た小便小僧

～JR浜松町駅～

戦争が終わって7年——。

街にはまだ敗戦の空気が漂い、人々の心に暗い影を落としていた。食糧不足のせっぱ詰まった生活環境が影響しているのか、電車に乗り込む乗客のあいだでいさかいが起こることも少なくなかった。

ちょうどその年は、鉄道が開通して80周年だった。

「80周年の記念に、利用客の気持ちがなごむ、駅がぱっと明るくなるものはないか」

当時の駅長、椎野栄三郎《しいのえいざぶろう》さんは悩んだ末、友人で、隣の国鉄新橋駅の嘱託歯科医だった小林光《こばやしひかる》さんに相談したところ、「こんなのでよかったら差し上げますよ」と、あるものを見せられた。

それが小便小僧の像だった。

「ぜひ！」

ひと目で椎野駅長は小林さんの提案に賛同。10月14日、小林さんから寄贈された小便小僧の像が、駅のホームに設置された。

裸でおしっこをする子どもの像は、当時の日本人にはほとんどなじみがない。批判されるのではないかという心配もあったが、小便小僧は人々に好意的に受け入れられ、たちまち人気者になった。

なかには、おしっこをする姿を見てくすくす笑う人や、電車のなかから小便小僧に手を振る人もいたという。

その2年後の秋——。

浜松町駅に降り立った女性客がふと顔を上げると、冷たい雨に濡れた小便小僧の姿が目に入った。

「かわいそう」

そう思った彼女は、家に帰ると、古くなったコートを使って小さなレインコートをつくり、小便小僧に着せてあげた。

女性は大田区に住む田中栄子《たなかえいこ》さん。当時45歳だった栄子さんは、6人の子どもたちが大きくなって手を離れ、浜松町にある会社で働きはじめていた。

ホームで小便小僧を見かけると、幼かった息子がひとりでおしっこができるようになったときのことを思い出し、懐かしく思っていた。

1955年、改修工事を終えたホームには、小林さんから新たに寄贈された、以前よりも丈夫な小便小僧が置かれることになった。

栄子さんは「坊やのお祝いに」と、小便小僧にキューピッドの衣装を贈った。キューピッド姿になった小便小僧は、まるで息子に子ども服を着せたときのように、いっそう愛らしく見えた。

これをきっかけに、栄子さんは季節ごとに色とりどりの服を縫い上げては、小便小僧に着せてあげた。

春だったら、ひな祭りに合わせてお内裏《だいり》さま。

冬になれば、クリスマスということでサンタクロース。

人と人の縁をつなぐ
服を着た小便小僧
～JR浜松町駅～

いずれの衣装も、素材は家で使わなくなった古い布や、いらなくなったものを集めておき再利用した。

栄子さんの服を着た小便小僧は、新聞や雑誌にも取り上げられ、ますます人気者になっていった。


そんなある日、栄子さんのもとに思わぬ相手から依頼がきた。

「火災予防週間に合わせて、小便小僧に消防服の衣装を着せてもらえませんか」

地元の芝消防署からだった。

栄子さんは依頼を引き受け、消防隊員と同じオレンジ色の消防服をつくり小便小僧に着せたところ、これがまたまた大人気となる。

像の前には夜でも人だかりができた。なかには、わざわざ消防署の職員に「小便小僧を見に行ったよ」と、声をかけてくれた子どももいたという。

これをことのほか喜んだのが、芝消防署の職員だ。「火災予防週間」をなかなかうまくＰＲできないのが、消防署の悩みの種だった。それが、小便小僧のおかげで、一気に認知度が上がったのだ。

栄子さんは芝消防署の期待に応えて、消防服だけでも20着はつくった。

「火の用心」と書かれたはっぴ、銀色の素材でつくった防火衣などなど……。

地域の安全のため火災予防運動に貢献してくれた栄子さんに対し、芝消防署は感謝状を送った。


小便小僧の衣装をつくることで人の役に立っている――。

そんな喜びを感じていた栄子さんのもとに、今度は見知らぬ女性から連絡が。

聞くと、その女性は、ベルギーに日本の伝統文化を伝えに行くとのこと。ついては、現地に立っている小便小僧へのプレゼントとして、日本の文化を伝えられる衣装をつくってくれないか、という。

そもそもオリジナルの小便小僧は、ベルギーの首都ブリュッセルで400年前から、平和の象徴として人々に愛されてきた像だ。現地ではマヌカン・ピスと呼ばれている。その姿どおり「小便小僧」という意味のフランス語だ。

その本家本元の小便小僧に、栄子さんの服を飾りたいという。栄子さんは依頼内容にびっくりしたが、それを引き受けることにした。

もっとも、いまとは違ってインターネットもない当時、ベルギーの小便小僧についての情報など、ほとんどない。

栄子さんはいつも、小便小僧の体にぴったり合うように、頭部や胴回り、足のサイズをきっちり測って衣装をつくっていた。だが、ベルギーにいる小便小僧は、浜松町駅の像と姿形は同じでも、サイズまで一緒とは限らない。

「実際に会ったこともないのに、似合う衣装がつくれるかしら……」

そこで、さまざまな人に聞いてどうにか調べてみると、どうやらベルギーの小便小僧は、浜松町駅の像よりも大きいらしい。

栄子さんは考えた末、着せやすくてしかも日本的な、金太郎の衣装、お祭りのはっぴ、そして火消しのはんてんをつくり、女性に託した。

「ちゃんと似合っていればいいけど……」

栄子さんは、衣装を渡してからしばらく、そう思いながら過ごしていた。なにぶん海外のことであり、現地の事情もなかなか伝わってはこない。栄子さんは、自分のつくった衣装がマヌカン・ピスに着せてもらえたかどうかすら、わからずにいた。

そんなある日のこと――。

何気なくテレビを見ていた栄子さんの目は、画面に釘づけとなった。

テレビで放映されていたブリュッセルの風景のなかに、金太郎の腹がけをかけて鯉のぼりを持っている小便小僧がいたのだ。

「間違いなく、自分がつくった衣装だわ」

栄子さんの小便小僧への愛情が、海を渡って遠い国まで届いたことを知った瞬間だった。

やがてベルギーにある「マヌカン・ピス友の会」という団体から、栄子さんのもとに、その様子を伝えるベルギーの新聞が送られてきた。

さらに、日本の浜松町駅に〝兄弟〟がいることを知った同会の会長が、ベルギーからはるばる日本にやって来た際、小便小僧と栄子さんにも会いにきてくれたのだ。

栄子さんはベルギー人の会長から、「衣装のお礼に」と感謝状を手渡された。


小便小僧の衣装をつくったことで、思ってもみない人たちとつながりが持てた。

小便小僧がつなぐ不思議な縁。

みんなが喜んでくれる。心待ちにしてくれている――。

衣装づくりは、栄子さんの楽しみから、いつしか生きがいになっていた。


小便小僧が設置されて20年目の成人の日には、3つボタンのスーツでドレスアップ。

鉄道開通100年の記念日には鉄道作業員の姿。

1977年、プロ野球の王貞治《おうさだはる》選手が当時の世界新記録となる756号ホームランを打ったときは、王選手と同じ背番号1のユニフォーム。

水不足のときはカッパの姿でおしっこをがまんし、節水を呼びかけたこともある。

栄子さんは目が悪くなっても、手が上がらなくなっても、娘の弘子《ひろこ》さんの手を借りながら衣装をつくり続けた。

こうして約30年、手づくりした衣装は200着以上にもおよんだ。

しかし1985年、74歳で栄子さんはこの世を去ってしまう。

小便小僧は再び裸に戻ってしまった。


裸の小便小僧の姿を見て、憂《うれ》いた人たちがいる。

芝消防署の職員たちだ。

あのとき、火災予防運動にひと役買ってくれ、子どもから大人まで消防署の活動を身近に感じさせてくれた小便小僧。

なんとかしてもう一度、服を着せてあげたい――。


1年以上をかけ、ほうぼうを探し回った末、ついにその想いに応えてくれる人たちと出会った。地元港区の手芸ボランティアグループ「あじさい」だった。

消防署の依頼ということで、最初は軽い気持ちで応じたあじさいの人たち。

だが、人間が着る服をつくるのと、固定された銅像用の服をつくるのではわけが違う。銅像は手足が固定されているので、あらかじめ身丈や幅に合わせて計算した一枚布をつくり、現地で小便小僧に着せてから、縫い合わせなければならない。

ボランティアなので、衣装代は持ち出し。作業は生地選びからはじまり、ものによっては3、4日かかるものもある。だが、あじさいの人々はこう語る。

「楽しみにしてくれる人たちがいるから、いままで一度もやめようと思ったことはありません」

事実、あじさいが小便小僧に服を着せはじめた1986年11月から30年以上、一度も着せ替えを欠かしたことはない。

衣装を見にきてくれる人との、手紙のやりとりも重ねてきた。

2018年7月末、ホームドア設置のため、小便小僧が一時撤去されたときのこと。もとあった場所の近くに、1枚の張り紙が貼られた。

「小便小僧は猛暑のため夏休み中です」

こんな状況の小便小僧を心配し、手紙を送ってくれた人もいた。

最初に小便小僧に服を着せた田中栄子さんの娘、弘子さんも、その移り変わりをずっと見守り続けてきた。

「うれしいですね、ほんとに好きな人でないとできないので。ときどき見てますけど、なくったらやっぱりさみしいですよね」

もちろん浜松町駅自体、小便小僧をずっと大切に扱ってきた。

駅長が変わるたびに、きちんと取り扱うよう引き継ぎが行われる。駅員も小便小僧のことを愛情を込め「小僧さん」と呼び、駅員専用の通路には「今月の小僧さん」という、月ごとに替わるその姿をとらえた写真が貼られている。

そして、男子トイレ、自動改札脇の窓口のガラス、北口、南口の壁……。

さまざまなところに、小便小僧の〝分身〟が隠れている。

「銅像に服を着せるのはいかがなものか？」

「服が飛んで、電車の窓にくっついてしまったり、電線に飛んで行ってしまう危険性がある。ホームではなくコンコースに移動すべきだ」

実はこれまで、小便小僧に対して、服の撤去、場所の移動を求める声が何度も寄せられていた。

だが、そのたびに駅長や駅員、そして小便小僧を愛する人たちが毅然と反対し、危機を救ってきた。

60年間、こうして積み重なった想い。

60年間、こうして人々を結び続けてきた縁。

それをまるで知っているかのように、服を着た小便小僧にいたずらをする人はひとりもいない。

第8話

みんなが家族になれる
サヨばあちゃんの休憩所

〜大井川鐵道　抜里駅〜

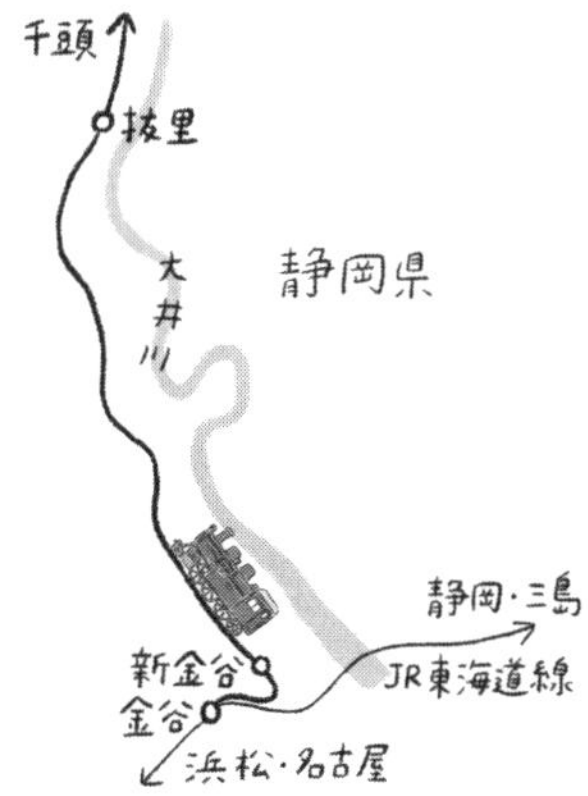

蛇行《だこう》する大井川に沿って、静岡県中部を南北に走る大井川鐵道——。

その大井川本線は、島田市にある金谷《かなや》駅と川根本町《かわねほんちょう》にある千頭《せんず》駅を結ぶ、全長39・5㎞におよぶ山岳鉄道だ。

この路線の売りは、金谷駅のお隣、新金谷駅から千頭駅まで、いまだにSLが現役で走っていること。300日以上という年間走行日数、そして総走行キロや現役運行台数も日本一という、まさにSLファンの聖地だ。

煙を吹き上げながら風光明媚《ふうこうめいび》な山あいを力強く走り抜けるSLの姿。この、いまではほとんど見られなくなった珍しい光景をひと目見ようと、大井川鐵道には鉄道マニアはもちろん、世界中から観光客が訪れている。


一方で、沿線都市の過疎化などにより、日常的に利用する乗客数は減少の一途をたどるばかり。そのため、大井川本線の駅の多くは無人駅となっている。

今回の物語の舞台となる抜里《ぬくり》駅もそのひとつだ。

列車が走るのは、およそ1時間に1本。1日の平均乗降客数20人あまり。茶畑が広がる一帯にぽつんとたたずむレトロな木造の抜里駅だが、そのなかに週末だけにぎわ

みんなが家族になれる
サヨばあちゃんの休憩所
〜大井川鐵道　抜里駅〜

いを見せる場所がある。

「サヨばあちゃんの休憩所」だ。

ここが週末になると盛り上がる理由――。

それは、休憩所を切り盛りしている、この物語の主人公、諸田《もろた》サヨさんの手づくり料理目当てに、観光客が押し寄せてくるからだ。


サヨさんが腕をふるってつくる料理は、シンプルな家庭の味そのもの。食材は地域で生産されたものをメインに、サヨさん自身が育てた採れたての新鮮野菜も加わる。

ひとり500円でおかわりはいくらでも自由。

晴れた日は屋外にテーブルを用意し、青空の下、緑豊かな抜里駅周辺の自然を楽しみながら、お腹いっぱいになるまで食べられる。

お茶やお菓子は無料で、休憩だけの利用も大歓迎だという。


2013年にオープンしたサヨさんの食堂を訪れるのは、観光客だけではない。地元の人も、サヨさんがつくる手料理を楽しみに、週末になると抜里駅まで足を運ぶ。

第8話　みんなが家族になれる サヨばあちゃんの休憩所

～大井川鐵道　抜里駅～

「安くてビックリしました。量も多いですしね」

「すごく好きな、自分にとって特別な場所です」

サヨさんの食堂を訪れた人は、口々にそう話す。

はじめての人も常連も、まるで自分の家族のように、ひとつの食卓を囲んでおしゃべりしながら食事を楽しむのが、この食堂のスタイル。最近では、外国人旅行客が同席することも珍しくなくなった。


サヨさんが生まれたのは、戦争の足音が徐々に近づいてくる1936年のこと。上から4番目、次女のサヨさんは、抜里駅からさらに山奥に進んだ川根本町《かわねほんちょう》で、家族仲良く暮らしていた。

その後、1942年、サヨさんが6歳のとき、家族は中国東北部、満州《まんしゅう》に開拓団として渡る。戦争真っただ中の満州時代、つらいことも多かったという。

ただ、いまもサヨさんの心に残るのが父の姿だ。

サヨさんの父親は、戦争中で厳しい生活を送っていたにもかかわらず、一家の大黒柱を失い母子家庭となった家族に貴重な食べ物を分け与えるなど、困った人がいれば自然と手を差し伸べる人物だった。

苦しいとき、自分を犠牲にしてでも周りの人を助ける――。

そんな父のうしろ姿が、サヨさんにはとてもかっこよく映った。


やがて、戦争が終わって1年後、サヨさん一家はやっとの思いで日本に戻ってきたものの、戦後の貧しさで苦しい生活が続く。そんななか、もっとも楽しかった思い出が、11人という大家族みんなでワイワイ食べる食卓の風景だった。

兄や姉は、学校でどんなことを習っているのか、どんな遊びをしているのか……。

聞く話、聞く話、サヨさんの知らないことばかり。

「大きくなったら、私も兄さん、姉さんのようになりたい」

歳の離れた〝大人たち〟の話を聞きながら、未来の自分の姿を思い描くのが、サヨさんにとって食事の時間のいちばんの楽しみとなった。


もっとも、その楽しい食事で失敗してしまったこともある。

サヨさんが小学3年生のころのこと。父親に頼まれて、ご飯を炊くこととなった。ところが、水を入れすぎてしまったため、出来上がったのはおかゆ……。酢の物にも挑戦したが、お酢を入れすぎてひどい味になってしまった。

食料が貴重だった時代、食べ物を粗末にすることは厳禁だった。

しかし、サヨさんの失敗に対し、家族は誰も怒らなかった。サヨさんが家族のために一生懸命つくっていたことを、みんな知っていたからだ。

サヨさんは、こう語る。

「食事をつくること、それをみんなで食べることが、幸せな生活になくてはならないと、家族はみんな実感としてわかっていました。だから、誰も私を責めなかったのだと思います」

やがて、兄や姉が成人し家を出て行くようになる。当然、食事の時間のにぎわいも徐々にとぼしくなっていった。それがサヨさんには、とてもさみしく感じられた。

サヨさん自身も1951年に中学を卒業すると、三重県四日市市《よっかいちし》へ集団就職するため、家を離れることになった。昼間は工場で働き、夜は定時制の高校に通う日々。毎日忙しく、実家に帰れるのは、お盆と正月の年にたった2回だった。

「家族に会いたい。またみんなでごはんを食べたい」

そんな思いを抱えながら、サヨさんは毎日を過ごした。

その後、22歳のときに母を亡くしたサヨさんは、父の依頼で帰郷を決意。ふるさとに戻って2年後、3歳年上の男性とお見合い結婚をし、抜里に嫁ぐと、ふたりの息子をもうけた。

こうして、自分の家族を持ったサヨさんがずっと大切にしてきたことがある。それは「毎日、家族全員で食事をする」ということだった。食卓にみんながそろうと、つらいことも忘れてしまう。団欒《だんらん》のひとときが、サヨさんにとってなにより心安らぐ時間となった。

やがて、息子を大学へ行かせるため、40歳から会社勤めをはじめると、これまでのように毎日、家族全員で食事をするのが難しくなってしまう。それでもサヨさんは、一緒に食卓を囲めない日があっても、食事だけはすべて自分の手でつくるようにした。

そんな生活が20年――。

サヨさんは60歳で定年退職をむかえた。

「会社を辞めても仕事をしたいけど、さていったい何をすればいいのかしら?」

そう思い悩んでいたとき、ふと頭に浮かんだのが、かつて大家族で囲んでいた楽しい食卓の風景だった。

サヨさんの地元は静岡の山あいの街ということもあり、地域の高齢化、過疎化が急速に進んでいた。ひとりで暮らす高齢者も多い。

かつて一緒にいた家族が離れたり亡くなったりして、孤独になっていく周りのお年寄りたち……。それは、サヨさん自身の未来の姿にも重なった。

この調子だと、若者のいない家では買い物をすることもままならず、朝、昼、晩の食事もつくれないお年寄りが増えてしまう……。

地域の先行きを危惧したサヨさんは、地元の主婦たちを集めて、「麦《むぎ》の会」というグループを結成し、ひとり暮らしのお年寄りにお弁当を届ける高齢者支援サービスをはじめた。

「毎日、自分が食べる食事はつくるわけでしょ。だったら、たくさんつくってみなさんと食べたいと思ったんです」

お弁当は1食350円、惣菜のみなら290円。

もちろん、儲けは度外視だ。サヨさんにしてみれば〝商売〟というより、食卓から消えつつあった手づくりの料理を、〝おすそ分け〟するような感覚だった。

もっとも、サヨさんの思いとはうらはらに、開始当初はその活動に対し心を閉ざすお年寄りもいた。だが、何度も足を運ぶうちに、いつしかサヨさんを受け入れてくれるようになった。

このサービスには、お弁当を届ける以外に、もうひとつ大きな役割がある。

サヨさんが心がけているのは、お弁当を届ける際に、必ず相手とおしゃべりすること。宅配先には、体調がすぐれず病院通いをしているお年寄りもいる。そうした人たちの見守りも兼ねているのだ。

いまでは、お弁当を届けるサヨさんとおしゃべりするひとときを、楽しみに待っていてくれるお年寄りも多くいる。

麦の会のサービスが地域に広く知れ渡っていくと、サヨさんの友人の夫で大井川鐵道の社員だった人物から、とある提案を受けた。

それは、「無人になる抜里駅の駅舎を、活動の拠点に使ってみては?」というもの。サヨさんはその申し出を、「思ってもみないうれしいことだった」と語る。なぜならサヨさんにとって、大井川鐵道は家族をつなぐ大切な列車だったからだ。

サヨさんの生まれ故郷は、大井川鐵道の沿線にあった。あの苦しかった満州への行き帰りに使ったのも大井川鐵道だ。

学校に通っていたころは、乗り遅れそうになると、ＳＬとかけっこしながら駅まで走った。絶対に間に合わなさそうなときは、サヨさんが乗ることを知っていた駅員が、出発せずに待ってくれていた。

中学を卒業して四日市市に就職すると、お盆と正月に帰省する際、大井川鐵道のSLのなかで家族のことを思い出すのが、サヨさんにとって一番楽しい時間となった。

結婚後、移り住んだ抜里の駅で生活していた駅員家族に、おかずのおすそ分けをしたこともある。実家の茶摘みを手伝いに行く際に乗ったのも、もちろん大井川鐵道だ。

サヨさんにとって大井川鐵道は、いつもそばにいる家族も同然だった。


「人情のある大井川鐵道が大好きなんです。鉄道そのものが私にとって家族の一員のような存在。だからずっとそばにいたくて……。ここから離れるなんてことは考えられません」


やがて、サヨさんのお弁当の評判はどんどん高まり、ついには抜里駅で食堂を開くことに。

みんなで囲む食卓と大井川鐵道――。

サヨさんにとって、幸せを象徴するふたつが結びついた場所。それが週末に開かれる「サヨばあちゃんの休憩所」だった。
サヨさん自身もいま、ひとり暮らしをしている。
ふたりの息子は成人して家を離れ、夫にはガンで先立たれた。家族団欒のひととき
を過ごした日々の記憶は、もう20年も前のものになる。
そんなサヨさんのことを気にかけ、四国で暮らす長男が週に一度、実家に電話をか
けてくる。
最近、腸閉そくで倒れたサヨさんを心配し、電話口で長男は「無理をしないように」
と何度も念押しする。
実は長男は、四国の自宅にサヨさんの部屋を用意していた。「むかえ入れる準備は、
いつでも整っている」とサヨさんに伝えたこともある。
それでも、サヨさんは長男のいまの生活に負担をかけたくないからと、あえて、そ
の誘いを断った。
「先のことはわからないけど、ＳＬが走るこの抜里でお母さんは毎日、一生懸命楽し

く生きています。だから、いつどこで死んだとしても、あなたたちは絶対に後悔しないでいいからね、と子どもたちに伝えています」

サヨさんはいま、抜里駅へ訪れる人を家族のように思い、料理を振る舞っている。サヨさんは食堂について笑顔でこう話す。

「みんなは、ここがまるでお母さんの家みたいだ、楽しいっていってくれますけど、とんでもない。私が一番楽しんでいます！」

見知らぬ人同士がテーブルを囲み、語り合い、笑い合いながら食事をする光景と、かつての幸せだった家族での食事の時間が自然と重なる。サヨさんは「ひとりではない」ことを実感する。

食堂を訪れた人のなかには、ここで出会ったことがきっかけで結婚して、本当の家族になった人もいる。

今日も、サヨさんは汽笛が鳴り響く抜里駅の厨房で、自宅でお弁当を待っている人のため、そしてここに料理を食べに来る人のため、はりきって腕をふるう。

明るい笑い声が絶えない「サヨばあちゃんの休憩所」は、お腹だけでなく心まで満たしてくれる家族の食卓そのもの——。

「家族をつなげる鉄道の駅で大家族みたいに食事ができるなんて、まるで昔に戻ったみたいですからね。ここでみなさんと食事をして気づいたのは、この抜里という場所でしか味わえないものがあるということ。実際、そういうふうにいってくれるお客さんも多いですしね」

サヨさんは改めて語る。

「血のつながりはもちろん大切だし、本当の家族も大事です。でも、こういう家族の形があってもいいと思いませんか」

みんなが家族になれる
サヨばあちゃんの休憩所
～大井川鐵道　抜里駅～

第9話

夫婦で守り続けた
なつかしい釜飯の駅弁

～長良川鉄道 美濃太田駅～

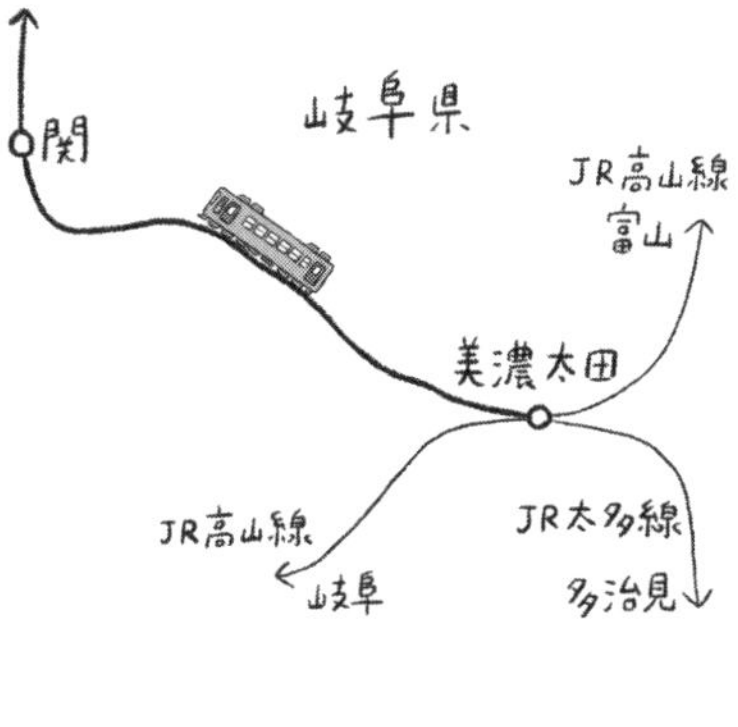

岐阜県を縦断する長良川鉄道《ながらがわてつどう》――。

美濃加茂《みのかも》市にある美濃太田《みのおおた》駅から、刃物で有名な関《せき》、奥美濃の小京都と呼ばれる郡上八幡《ぐじょうはちまん》などを経由し、郡上市の北濃《ほくのう》駅までを約2時間で結ぶ、全長72・1㎞のローカル線だ。

路線のほとんどが、その名前の由来となっている日本三大清流のひとつ、長良川に沿って走るため、絶景ポイントも多い。

今回の物語の舞台は、そんな長良川鉄道とJR太多《たいた》線、高山《たかやま》本線を結ぶ美濃太田駅。

ここには、ある懐かしい光景が残っていた。

駅弁の立ち売りである。

首から下げた箱に並べたお弁当を、売り子が歩きながら販売する姿は、以前はあちこちの駅で見られた。しかし、いまではほとんど見かけなくなってしまった。

ホームでお弁当を手渡しながら、少ししゃがれた威勢のいい声で乗客に話しかける男性。この物語の主人公、酒向茂《さこうしげる》さんは52年間、美濃太田駅で駅弁を販売してきた。

 第9話

夫婦で守り続けた
なつかしい釜飯の駅弁
～長良川鉄道 美濃太田駅～

地元の食材を使った「松茸の釜飯」は、1959年の発売当時から、味も盛りつけも、ずっと変えずに守り続けてきたものだ。

「変えないのがこだわり」

そう話す酒向さん自身も、釜飯同様、長い間、美濃太田駅の〝名物〟として多くの人に親しまれてきた。

この釜飯販売を支えてきた、もうひとりの主人公がいる。

妻の素子《もとこ》さんだ。

結婚して50年以上ものあいだ、素子さんは夫の茂さんとともに釜飯をつくってきた。

そして、ふたりが知り合うきっかけになったのも釜飯だった。

20歳のとき、デパートで開かれた駅弁フェアにアルバイトで来ていた素子さん。その姿に、ある男性が一目惚れしてしまう。

ただし、それはのちに夫となる茂さんではない。

茂さんの父、和男さんだった。

第9話

夫婦で守り続けた
なつかしい釜飯の駅弁

～長良川鉄道 美濃太田駅～

和男さんは、釜飯を販売する仕出し店「向龍館《こうりゅうかん》」の創業者。松茸の釜飯を陶器に詰めた向龍館の駅弁は、売り出されるや否や一躍評判を呼んだ。

そんな和男さんは、素子さんを息子の嫁にむかえようと熱烈にアプローチ。素子さんの家にまで押しかけ、結婚が決まったという。

もっとも当の茂さんは、父の和男さんがわざわざ素子さんの家まで行って結婚が決まったというエピソードについて、次のように語る。

「ワシも行ったなんて知らん。うちのオヤジは自分で勝手に行ったもん。理由はわからへんな。なんでやったろ？」

それに対し素子さんがツッコミを入れる。

「それは、あんたが私のことを好きや、って言ったからやないの？」

「知らんがな。覚えてにゃあもん」

「親がもらいに来るわけないやないの」

「覚えとらんよ、そんなことは」

夫婦で守り続けた
なつかしい釜飯の駅弁
〜長良川鉄道 美濃太田駅〜

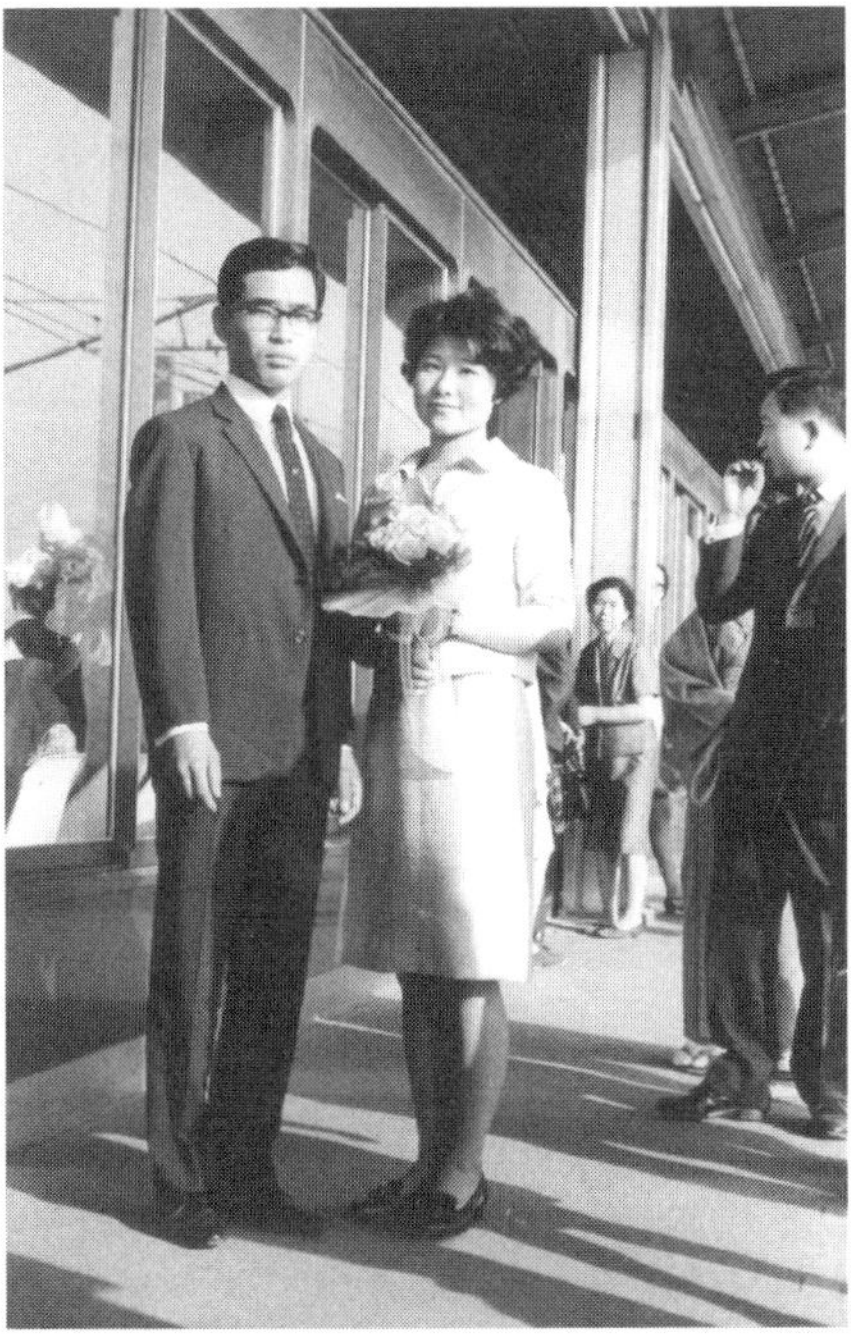

とにもかくにも、茂さんと素子さんは結婚。

父親の和男さんから、向龍館と釜飯づくりを引き継ぐことになった。

多くの人が楽しみに待つ秘伝の味。毎日、その日に仕込んだできたてを提供するのが、茂さんの使命となった。

茂さんは、父親の味の評判を落とすまいと必死に働いた。

列車が運行している限り、駅弁の販売にも休みはない。毎朝4時に起きて、素子さんと一緒に釜飯の仕込みをする。味つけは茂さんの担当だ。

ふたりは定休日ももうけず、来る日も来る日も働いた。

そのかいあって、1970年代から80年代にかけて、釜飯は飛ぶように売れた。当時、美濃太田駅には観光客向けの送迎バスが何台も並び、活気に満ちていた。

平均販売数は、1日に300食から400食。

列車が出発する時間になってもなお、駅弁を買い求める客の足は途絶えず、弁当だけ渡して代金をもらい損ねること、また反対に客にお釣りを渡し損ねることも、しばしばあったという。

向龍館の従業員数も、気づけば30人ほどまでに増えていた。

しかし、80年代も半ばを過ぎると、段々と雲行きが怪しくなる。

自家用車が普及したため、そもそも列車に乗る人自体が少なくなり、駅から人が遠のいていった。また、快速の開通やダイヤ改正により、列車がホームに停車する時間が短縮化。さらに、冷暖房設備が整うようになると、乗客は窓を閉ざしてしまうため、駅弁の立ち売りの声が、車内に届かなくなってしまう。

世の中が便利になればなるほど、売れなくなっていった釜飯――。

2000年代に入ると、社長である茂さん自らがホームでお弁当の立ち売りするようになった。従業員は誰ひとりクビにはしなかったが、高齢化などにより、ひとりまたひとりと去っていく。

長男も手伝ってくれていたが、先が見えない現状にいつまでも付き合わせるわけにはいかない。

「お前は、ここから早く離れていったほうがいい」

最後に残ったのは、茂さんと素子さんの夫婦ふたりだけだった。だが、やがて茂さんに「店をたたもうか」という思いがちらつきはじめる。

「自分たちも年になってきたし、休みなく働くのは負担も大きくなってきた。そろそろやめどきかもしれない……」

ところが、それを引き止めたのが素子さんだった。

素子さんには、義理の父、和男さんから引き継いだ釜飯を、茂さんと一緒に守り続けなければいけないという強い気持ちがあった。

「デパートの駅弁フェアでお義父さんと会ってから、これまでずーっと釜飯の販売をやってきて……。それが一番大きいかもしれんね」

引き止めた理由をこう話す。

素子さんは、いまでもはじめて食べた和男さんの釜飯の味が忘れられないという。

だから、もう1年、あともう1年……。

こうしてふたりは、引退を先延ばしにしていった。

もっとも、そのあいだも釜飯の販売数は落ち込む一方だった。

それでも茂さんは毎朝、「自慢のオープンカー」と称する自転車に乗って、美濃太田駅に出かけていった。

自転車の荷台に乗っているのは、もはや1日10食ほどしかつくらなくなった釜飯。ホームに着くといつものように列車の到着を待ち、車内をのぞき込んでは、買ってくれそうなお客さんを探す。

「もう、昔のように声を出しても聞こえないんよ。歩いてる姿を見て、買いたい人が声をかけてくれるんだ」

ただし茂さんは、釜飯を買わない人からも声をかけられることが多い。気さくな人柄ゆえ、自然と人が集まってくる。

乗り換えの場所を聞かれれば親切に答え、声をかけてくるすべての人に応対する。

「駅の案内ばっかりして、弁当はひとつも売れねえや」

茂さんは、ちょっとさみしそうに苦笑いした。

もちろん、体力的にもきつさは増すばかり。

毎日、列車が停車する時間を見計らい、階段とエレベーターを使って、ホームを行き来していた。だが、70も半ばを超えた茂さんにとって、釜飯を抱えて1日に何度も階段を往復するのは、決してラクな仕事ではない。

「後期高齢者になってくると、えろうなってくるもんね」


しかも、そうまでして、なお釜飯は売れ残る――。

売れなかった釜飯を自宅に持って帰るという状況が続くことにも、商売人として屈辱を感じていた。

そして、ついには釜飯が1食も売れない日も……。

「もう、潮時だろう」

ふたりは、今度こそ駅弁の販売をやめることを決意した。

素子さんはこう語る。

「お義父さんにごめんなさいねという思いがあるけど、でも、こういう状況になってしまったら、わかってもらえるんやないかと」

2019年5月31日――。

駅弁を売る最後の日をむかえた。

駅弁販売終了の知らせは、新聞などを通じて事前に報じられていた。

皮肉なことに、それ以来最終日に向けて売り上げもどんどん上がっていた。

「やめるっていったら、いっぱい来るんよ。ありがたいけどね」


そこで茂さんと素子さんは最後のこの日、200食を用意した。

ホームに着くと、茂さんはいつもと変わらない様子で立ち売りをはじめる。車両をのぞき込みながら、お客さんを探す……。


そこへ、お弁当を買い求めるお客さんがやって来た。

茂さんは軽快に話しながら釜飯を手渡し、代金を受け取る。振り向くと別のお客さんが。間を置かずに、すぐまた声がかかる。

次第にホームを歩く茂さんの周りに、人が引きも切らず集まってくる。手元の釜飯はあっという間に完売。やがて、ホームの売店の前に行列ができはじめた。

茂さんはあわてた。まだ昼前なのに用意していた数が底をつき、それでもまだ釜飯を求めるお客さんの長蛇の列ができていたからだ。

茂さんは素子さんと連絡をとって、追加の釜飯を大急ぎでつくることにした。

「こんなに並んでもらっちゃ困るが。追いつけへん！」

ホームに響く茂さんの明るい悲鳴に、列に並んでいる人たちが笑う。

この日、釜飯を買いに来た人のなかには「昔、特急の車内でこの釜飯を販売していたんですよ」という女性がいたり、販売終了の知らせを聞きつけて県外から足を運んで来たりした人もいた。

茂さんの連絡を受けて、素子さんがいる厨房も一気にあわただしくなった。厨房には、かつて一緒に働いていた従業員たちが手伝いに来てくれていた。

「社員は家族」

夫婦で守り続けた

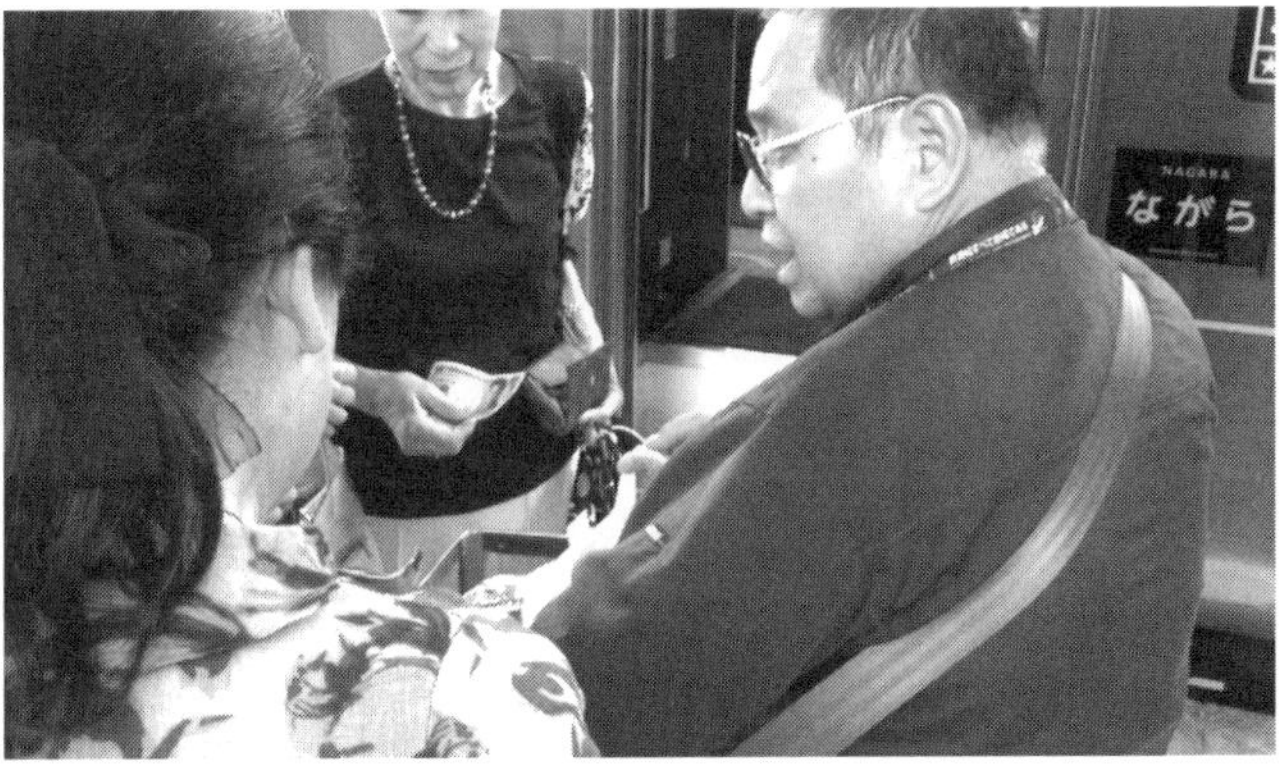

これも茂さんが守り続けてきた向龍館の伝統だ。

美濃太田駅のホーム上に、そして向龍館の厨房に、「松茸の釜飯」の全盛期をほうふつとさせる光景が広がっていく。

茂さんと素子さんはあわてながらも、釜飯を待っている人のために動く、働く……。嵐のような時間が過ぎ、やがて午後3時半に差しかかったころ、茂さんは残りひとつとなった釜飯をお客さんに手渡した。

この日販売した釜飯は、全部で380個。


最後の仕事を終えた茂さんに、美濃太田駅の職員が感謝の品を贈った。残っていた鉄道ファンも、「これまでありがとう」「お疲れさまです」というねぎらいの声とともに、寄せ書きや花束を茂さんに手渡した。

駅を出ると、そこには茂さんを待ちわびていた素子さんの姿があった。

茂さんは、やめたあと何をしたいのか。

「お寺巡りでもやりたいな。うちの家内が好きだから。お母ちゃん孝行しないと。よく働いてくれたから」

一方の素子さんはこう語る。

「ホントお父さん、がんばったんじゃないですか。私もこういう仕事嫌いじゃないので。お父さんがまだやるぞって言ったらやるだけなんでね。はいはいって」

時代とともに、さまざまなものが変わっていくなかで、変わらないものを守り続けてきた52年間。楽しかったこともつらかったこともあったが、後悔はない。

駅弁の立ち売りを引退したいまでも茂さんは、父親の時代からつくってきた釜飯の器、その代々をいまも、きちんと取っておいている。

そして、日課である犬を連れての散歩では、毎日、美濃太田駅に立ち寄っている。

釜飯、そして美濃太田駅への深い想いは、永遠に変わらない——。

第10話

一番大きな夢を乗せて天国へ旅立った小さな運転士

〜江ノ島電鉄〜

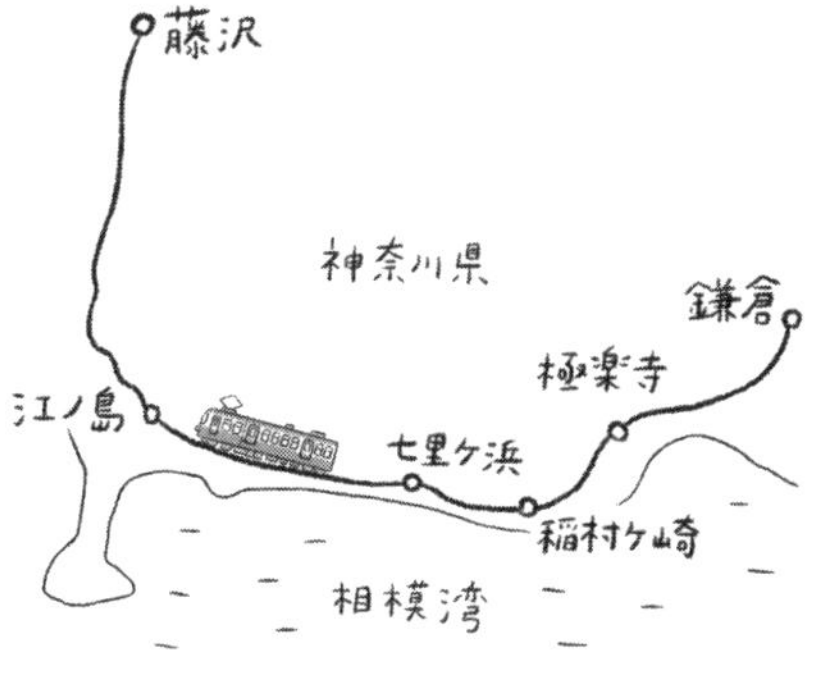

湘南の海沿いをコトコトと走る緑色の江ノ島《えのしま》電鉄、通称江ノ電――。

古都鎌倉をはじめ、国宝の鎌倉大仏、サーフィン好きが全国から集まる稲村ヶ崎《いなむらがさき》や七里ヶ浜《しちりはま》、水族館など見どころ満載の江の島など、起点となる藤沢駅から鎌倉駅まで全長わずか10㎞ながら、その沿線には数多くの人気観光スポットが並んでいる。

年間の利用者数は１９００万人。２０２２年には開業１２０年をむかえる、神奈川県を代表する人気路線のひとつだ。


毎年11月11日午前11時12分、藤沢駅から必ず、この江ノ電に乗る人物がいる。最後の物語の主人公、新田和久《にったかずひさ》さんだ。

新田さんが乗るのは、いつも運転席のすぐうしろと決まっている。なぜなら、そこがいまは亡き息子、朋宏《ともひろ》くんとの思い出の場所だからだ。


朋宏くんは、大の電車好きだった。

電車が好きになったきっかけは、２歳のころに買ってもらった蒸気機関車のおもちゃだ。以来、朋宏くんは来る日も来る日も、そのおもちゃで遊んだという。

一番大きな夢を乗せて
天国へ旅立った小さな運転士
〜江ノ島電鉄〜

そんな朋宏くんが4歳のとき、養護施設に入ることになった。

実は生まれながらに、拡張型心筋症という数万人にひとりの重い心臓病をわずらっていた。そのため、外で遊ぶことすら満足にできなかったのだ。

ただし、施設に入ったのは朋宏くんの病気のせいだけではない。当時、新田さんの妻、裕子《ゆうこ》さんが置かれた状況も、大きな要因となっていた。


新田さんは結婚をする際に、裕子さんから、あることを告げられていた。

それは、自分が心臓に重い病気を抱えているということ。

朋宏くんと同じ拡張型心筋症だった。

症状としては、心臓を動かす筋肉が弱く、血を全身に送り出す働きが低下するため、心不全や不整脈《ふせいみゃく》が起きやすくなる。しかも年齢とともに、症状が進行していく非常にやっかいな病気だ。


「結婚しても病気が原因で何もできない。おそらく、まるで、お姫さまのような生活しかできなくなる」

新田さんは医師からそういわれたが、当時は「なんとかなるだろう」と考えていた。

だが、実際に結婚すると、普通の夫婦生活では当たり前のことが、新田さんたちには壁となって立ちふさがる。

たとえば、子ども——。

結婚からしばらくして、裕子さんの妊娠が判明した。だが、医師から思わぬことを告げられる。

「妊娠も出産も体に非常に負担となるので、産まないほうがいい」

だが、ふたりはあきらめきれなかった。裕子さんは決断した。

「ひとりだけ子どもを産んで育ててみたい」

新田さんは、そんな妻の願いを受け止めた。

そして、朋宏くんが生まれた——。

その後、裕子さんの病状はますます悪化。出産後まもなく、入院することとなった。

さらに、朋宏くんも生まれて7カ月後の検診で、同じ病気であることが発覚。裕子さんの病状もなかなか回復しなかったため、新田さんは朋宏くんを医療サービスが充実している養護施設に入れることにしたのだ。

新田さんは無力感に包まれた。

「息子に妻と同じ病気が発症するというのはね。なんか、力が抜けたというか。いくら人間ががんばってもダメなんだなって」

養護施設に入った朋宏くんは、ますます電車に夢中になった。

施設の職員から「長野県の白馬《はくば》までどう行くの？」と聞かれると、乗ったこともないのにスラスラと答えた。

「新宿から中央線に乗って松本まで行ったら、大糸線《おおいと》に乗り換えるんだ。スーパーあずさという直通の特急もあるよ」

一番大きな夢を乗せて
天国へ旅立った小さな運転士
〜江ノ島電鉄〜

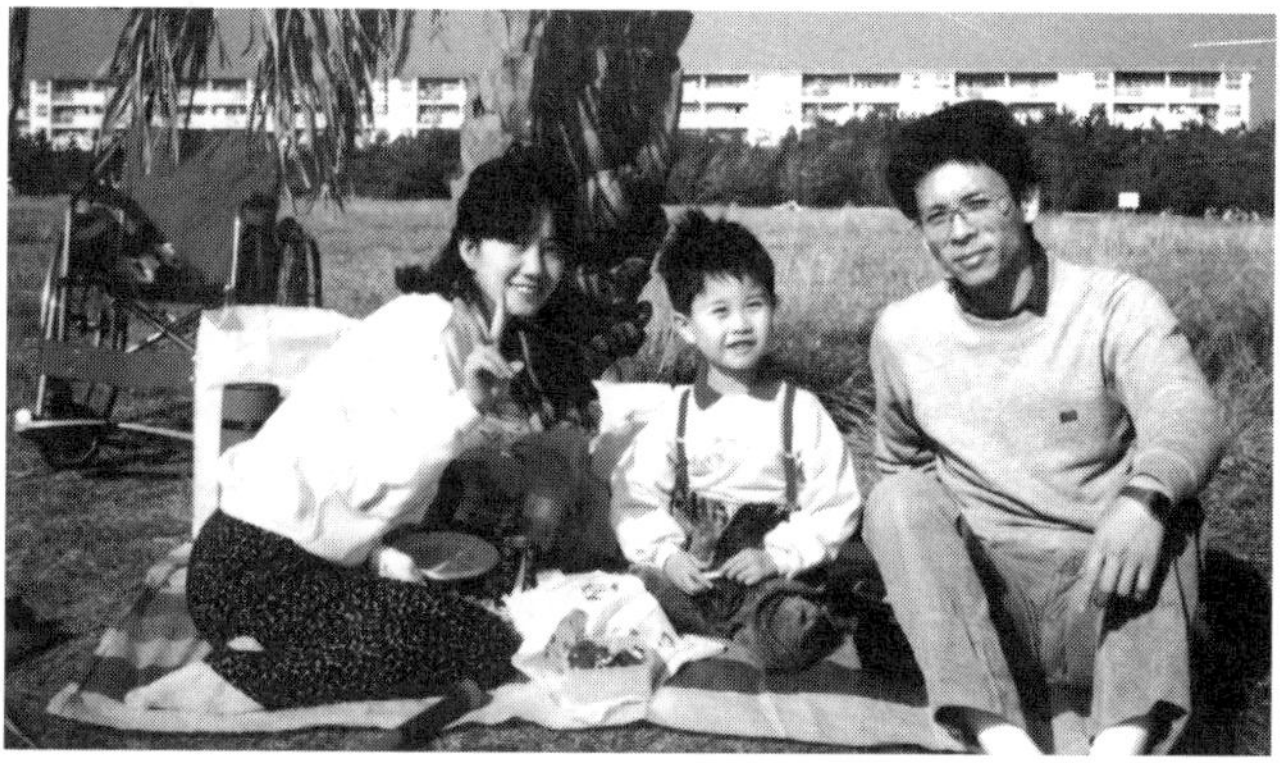

もちろん、一番好きなのは新田さんと一緒に電車に乗ること。入院中の裕子さんに会いに江ノ電に乗って、稲村ヶ崎のレストランで食事をしたこともある。

「将来は電車の運転士になりたい」

施設での日々を送りながら、大好きな電車を自らの手で運転する未来を、頭のなかで思い描いていた。


その後、裕子さんの病気はますます進行していった。そして1991年の春、この世を去った。朋宏くんは9歳だった。

新田さんはそのとき、ショックで声が出なくなった。葬儀の際に、お坊さんに話しかけようとしたが、ひと言も話せなかったという。

だが、決して涙は流さなかった。

「うちの家族は泣かない。何があっても泣かないって決めていたんです。弱音ははかない、それが鉄則でした」

その後、朋宏くんは中学校に進学したものの、病気は徐々に進んでいく。

そしてある日、息が苦しくて動けなくなり、救急車で運ばれた。そのときから、病院のベッドで過ごす日々が始まった。

その一方で、新田さんは移植手術にも期待した。朋宏くんの状態を考えると、移植が一番適切な治療法だったからだ。だが、当時まだ国内における臓器移植の環境が整っておらず、断念せざるをえなかった。

新田さんは、目の前が真っ暗になった。

ただ、そんな状況だったにもかかわらず、大好きな電車に対する朋宏くんの想いは、弱まるどころか、むしろどんどん強くなっていた。

普段から電車の時刻表をチェックし、鉄道雑誌も欠かさず取り寄せる。また、新田さんに「江ノ電のビデオを撮ってきて」とねだっては、その動画を見ながら江ノ電の走る姿を絵に描く……。

「中学校を卒業したら、鉄道学校に通って電車関係の仕事をやりたい」

病気をのぞけば、将来は自分の好きなことで働きたいという夢を語る、どこにでもいる中学生だった。

だがある日、朋宏くんが心不全を起こした。

和久さんは、朋宏くんが亡き妻、裕子さんと同じ道をたどるかもしれないと覚悟した。

1998年、朋宏くん16歳――。

病状はさらに悪化し、主治医から「あと3カ月も、もたないかもしれない」と宣告された。

息子にできることは何かないか……。

そのとき新田さんの頭に浮かんだのは、「運転士になりたい」という夢をかなえることだった。

 第10話

一番大きな夢を乗せて
天国へ旅立った小さな運転士

～江ノ島電鉄～

「生きているうちに、やりたいことをやらせてあげよう。最後にやり残したなぁ、なんて思わせたくない」

そんなとき新田さんは、病気の子どもを支援しているボランティア団体があることを、病院の主治医から教えてもらった。

朋宏くんの余命がとにかく気がかりだった新田さんが、そのボランティア団体に協力をお願いしたところ、すぐに、いくつもの鉄道会社に力を貸してくれるよう手紙を送ってくれた。

だが、ハードルは高かった。当然のことながら、免許がなければ電車を運転することはできない。

そんななか、ある鉄道会社だけが前向きな返事をくれた。

そのしらせを聞いた新田さんは、「不思議な縁もあるんだな」と驚いた。

前向きな返事をくれた唯一の会社、それは息子が一番好きな江ノ電だった。

実現に向けて動いてくれたのは、当時、総務課長を務めていた楢《なら》井《い》進《すすむ》さん。

手元に届いた手紙を読んで胸を打たれた櫓井さんは、即座にこう決意した。

「できるかどうかはわからないけど、とにかくやるだけやってみよう」

もちろん、「なんとか実現したい」という気持ちだけでは、周囲を説得することなどできない。

「何かあった場合、いったい誰がどうやって責任を取るのか」

社内には当然、反対意見もあった。

櫓井さんも当初は、運転席に座って運転士気分を味わってもらえればいいのでは、と考えていた。だが、朋宏くんの強い気持ちを知り、考え直す。

「やっぱり、運転させてあげたい」

そこで櫓井さんは、忙しい合間をぬって、法律や規則をいちから必死に見直した。

どこかに突破口があるかもしれない……。

すると、ある一文が目に入った。

列車を運転する資格について定めた項目のなかに、免許がなくても運転できる例外事項が書かれていたのだ。

「これだ！　車庫への引き込み線なら、朋宏くんも運転できる！」

こうして、反対する人たちをなんとか説得すると、万全の準備に奔走した。

もちろん、規則の定め以前に、本線に支障をきたすような事態は、絶対に避けなければならない。

もし、何かの間違いで、朋宏くんが運転する車両が本線に入ってしまうと、大事故につながってしまう。これを防ぐために、本線と引き込み線との分岐点に、緩衝となる車両を1台置くよう手配した。

さらに念には念を入れ、万が一、運行中の電車と思わぬトラブルが起きないよう、当日のダイヤを特別ダイヤに変更した。

楢井さんは、こうしてひとつひとつ危険の種をつぶしていった。

やがて実施日が決まった。11月11日だ。

心臓病に寒さは禁物だから、この日以降だと気温が問題となる。もちろん、気温よりなにより、朋宏くんの最期が刻一刻と近づいていた。

これが、ラストチャンスだった。


むかえた当日——。

この日は晴れで、予想よりも暖かった。天気も朋宏くんの味方をしてくれた。

江ノ電は、朋宏くんのために新品の制服を用意していた。

それに着替えると、朋宏くんは新田さんが押す車椅子でホームに向かい、運転席のすぐうしろの席に座った。

藤沢駅から電車が走り出すと、朋宏くんは車窓からの景色を目に焼きつけるように見ていた。

線路に沿って、医師と看護師を乗せたドクターカーが並走していた。朋宏くんが入院していた病院も不測の事態に備えて、万全のサポート体制をしいていた。

また、普段は無人の駅にも、この日はすべて駅員が立っていた。江ノ電が朋宏くんの身に何かあってもすぐに対応できるよう、駅員を配置していたのだ。

彼らはみな、朋宏くんに向かって敬礼をしていた。


電車が車庫に到着すると、3つの車両が朋宏くんを待っていた。

昭和初期に活躍した「タンコロ」と呼ばれる108型。

車両全面にリスの絵が描かれた通称「リス電」の1501型。

そして、現役の500型。

朋宏くんは全部の車両の運転席に座って、前進したりバックしたり、汽笛を鳴らしてみたり……。

あこがれの江ノ電で、朋宏くんが本物の運転士になった瞬間だった。

お昼休みには、極楽寺《ごくらくじ》駅近くのラーメン屋から出前を取り、運転席でペロリと平らげた。朋宏くんの体には、江ノ電が与えてくれた生きる力がみなぎっていた。

新田さんは喜ぶ息子の姿を見ているとき、うれしさよりも夢を見ているような、不思議な気分を感じていたという。

FILA
EMERGENCY FOODS

実は新田さんは当日まで、何をどこまでやってもらえるのか、まったく知らなかったのだ。

「うちの息子のために、ここまでしてくれる人が実際に周りにいるんだなって。本当にありがたいなあと」

江ノ電の楢井さんは、当日、もし何かあれば責任を取って会社を辞めるつもりで、辞表を用意していたという。新田さんはあとになって、このことを人づてに聞いた。

夢がかなってから4日後――。

朋宏くんは静かに旅立った。

楢井さんは、あれからわずか4日で亡くなったということを知り、心配になって新田さんにたずねた。

「もしかして、無理に体を動かしたせいで、朋宏くんの死期が早まってしまったのではないでしょうか？」

すると新田さんは、はっきりと答えた。

一番大きな夢を乗せて
天国へ旅立った小さな運転士
〜江ノ島電鉄〜

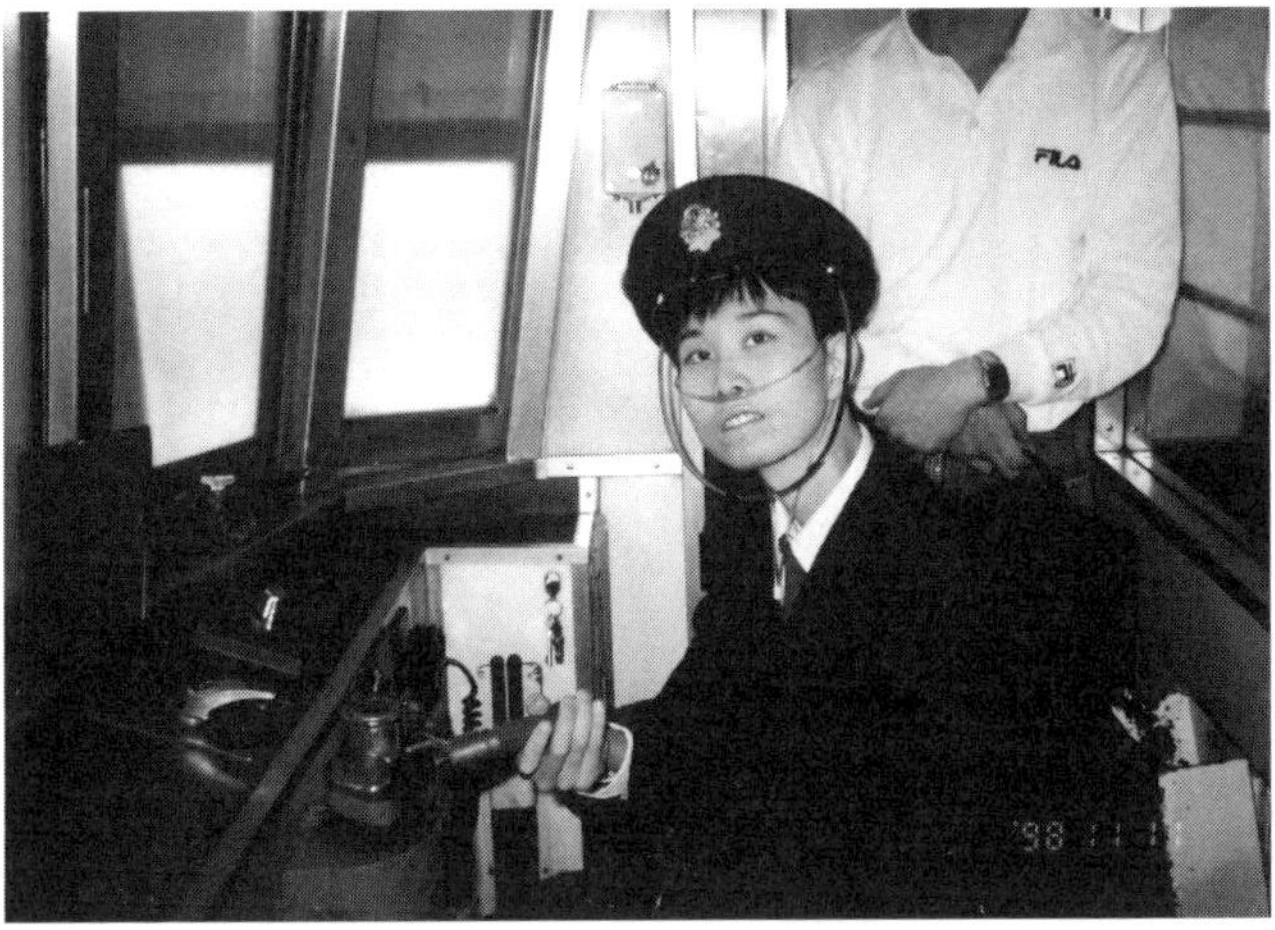

「いや違います。江ノ電を運転できるという目標があったからこそ、息子はあの日まで生きることができたのです」

朋宏くんが亡くなってから10年後の2008年12月――。

新田さんと知り合った鉄道のジオラマ制作者が、朋宏くんの話を聞き、作品のひとつを江ノ電に寄贈した。

作品名は「夢の街」。

建物や線路、花壇から看板に至るまで、リアルに再現された沿線風景のなかを、Nゲージの江ノ電が走り抜けていく。

これが、江ノ島駅の藤沢方面行きホームに展示されることになった。

と同時に、江ノ電があることを決めた。

「天国で夢の続きを」と、朋宏くんに江ノ電の運転士の辞令を交付したのだ。

ジオラマのなかを走る江ノ電は、あの日運転した「タンコロ」が愛称の108型。

いまもそこで、朋宏くんは江ノ電を運転し続けている。

あれから20年あまり――。

新田さんはいま、ひとりで暮らしている。

妻に続いて息子を失い、当初は耐えられなかった。

「このまま、ずっと家に誰も帰ってこないのかなと思うと、やっぱりさみしい思いはありましたね」

そんな新田さんの心を支えたもの、それは、息子と最後に江ノ電に乗った思い出だった。

「泣いたら、息子に『ぼくたちのことかわいそうだと思ってる?』って、いわれそうな気がするんです」

実は、こうした新田さんの〝強さ〟を亡き妻、裕子さんは早くから見抜いていた。

「どん底に落ちてもつぶれそうにないと思ったから、あなたと結婚したの」

定年退職した新田さんは、朋宏くんが入院していた病院の紹介で会社員時代にはじめた養護施設でのボランティアを、いまも続けている。

養護施設には、朋宏くんと同じように、病床で将来を夢見る子どもたちがいる。新田さんは、そうした子たちへの想いを明かす。

「彼らの好きなことを探してあげたい。好きなことをつないでいくと、どんどん話が大きくなって夢が広がって……。実現できそうもない夢もかなえられるかもしれない、と思ってもらいたい」

息子にできなかったことを、ほかの子どもたちにしてあげる——。

それは、朋宏くんに与えてもらった次の仕事のように思えた。

毎年11月11日、仕事を休んででも、江ノ電に乗り続けてきた新田さん。

電車が走り出すと、車窓から外の風景を眺めながら、いつも朋宏くんに話しかける。

「ここが変わったよ、あそこの景色が変わったよと息子に伝える感じですね。息子がいなくなったという感覚はありません。いつも、かたわらにいるような気がしています。さみしいという気持ちはいま、ありません」

一番大きな夢を乗せて
天国へ旅立った小さな運転士
～江ノ島電鉄～

「沁みる夜汽車」について

2019年の3月末、私は所用である大学を訪れ、花壇の縁に腰を下ろしていました。夕暮れ時の学生もまばらなキャンパスで、私のような中年の男は浮いて見えるんだろうなあなどと思いながらあたりを見回していると、同じように大学の雰囲気にとけ込んでいない青年が目に映りました。

スポーツメーカーのリュックを背負い、髪は短めで、顔は高校生にしか見えない幼さ。彼は、顔を少し上げ、左の校舎と右の校舎の間で視線を動かし、時折手に持っている紙を確認。また顔を上げるとその奥にある校舎に目を移し、頼りなげに歩いて行きます。

あー、新入生なんだ――。

下見に来てるのかな?

と思っていると、今度は髪を二つ分けに結んだ女の子がやってきました。まだ都会の空気に染まっていない素朴な雰囲気で、こちらも背中にはリュック、しかも大きめ。彼女はちょっぴりオドオドした様子で校門近くの植え込みを見たり、所狭しと並ぶサークル勧誘の立て看板に目を移したりしています。

なんでこんな夕方に下見に来てるのかな？
上京してきて、日中は荷物の搬送があったのかな？

そんなことをボンヤリ考えていると、先ほどの青年が戻ってきました。彼の視線の先は、今度は立て看板。ゆっくり歩きながら、一つ一つ確認するかのようにのぞき込み、時々メモを取っています。一度見た看板に戻ってもう一回確認することも。そして、ホッとしたような表情で校門を出て、駅に向かって行きました。暫くすると、女の子も大きなリュックを揺らしながら小走りで駅に消えていきました。

あの二人は、電車に乗って何を考えるのだろう？

自分が学ぶことになる校舎のことかな？
サークルは何にしようかと思いをめぐらしているのかな？
上京したてならば、寂しさを感じているのかな？
あるいは、慣れない街の中で、晩ご飯はどこで食べようかと考えているのかな？

私は勝手に想像しながら、心が洗われたような、愛おしいような、「頑張って！」と言いたくなるような、そんな気持ちになっていました。

そしていつか「沁みる夜汽車」で、期待と不安が綯い交ぜになっている新入生の心模様を描いてみたい、親や友人と離れて上京する多感な若者の内面を紹介したいと思いました。きっと私のような、青春をはるかに過ぎてしまった中高年の人たちにも、懐かしく愛おしい思い出と共に見てもらえるのではないか、そう感じたのです。

「沁みる夜汽車」は、鉄道や駅を利用する人たち、そこで働く人たちの喜びや悲しみを紹介しながら、見て頂いている方に共感してもらえる番組を目指しています。

「沁みる」とは、ただ「泣ける」だけではない。「感動できる」だけでもない。

心にグッときて共感できることなのではないか？

そのためには、主人公の内面を深く深く見なければいけない――。

私たちスタッフは、この「沁みる」という言葉に拘って、この「沁みる」という領域を目指して、もがき苦しみながら番組制作に挑んでいます。


編集作業の最中、この番組の企画者であり、制作統括を務めている藤田裕一さんがポツリとつぶやいた言葉が印象に残っています。

編集作業はＪＲ中央線が見える場所で行っているのですが、夜になると、下り列車は帰宅の人たちでいっぱいになっていました。

「乗っている人たち一人ひとりに、沁みる話があるんでしょうね」

仕事のことや家族のこと、喜びや悲しみ、人間に思いや感情がある限り、深く見つめていけば、日常生活の中にこそ「沁みる」話はあるのだと、考えさせられました。

今回は、今まで放送した10の番組を、番組では紹介しきれなかった内容を加えてご紹介致しました。放送では大きな反響を頂きましたが、より深くお伝えできていれば嬉しい限りです。

どのお話も、状況は特別な場合がありますが、主人公の方々が抱く思いは、特別な状況にない人たちにとっても、心打つものがあると思います。

私は、主人公の皆さんの思いに触れて、深く「沁み」ました。そして、本当の強さや優しさとは何だろうと、考える機会を頂けたと思っています。この場を借りて、深く感謝申し上げます。ありがとうございました。

最後になりましたが、番組の取材に関わって頂いた多くの皆様、制作にご尽力頂いた関係者の方々に厚く御礼申し上げます。特に、制作会社「ロビー・ピクチャーズ」の藤田裕一プロデューサーと編成の諸先輩方には、企画当初からの数多の壁を乗り越え、実現のためにご尽力頂きました。ＮＨＫグローバルメディアサービスの室伏剛チーフプロデューサーには、ドラマのプロ、ドキュメンタリー畑の者、バラエティーで鳴らした者、鉄道番組のエキスパート等、多ジャンルのスタッフを他のプロデューサーたちとまとめ上げて頂きました。また、ディレクター、リサーチャー陣には、身を削るほどの真剣さで番組を仕上げて頂き、その真摯な姿勢に、ただ感謝です。

音楽、技術、編集、音響効果、鉄道写真のスタッフ、語りの森田美由紀アナウンサーには、最後の最後まで番組の質を高めて頂きました。厚くお礼申し上げます。

この出版化に際しましては、NHK関連事業局並びにNHKグローバルメディアサービスの牧野香織さんにお骨折りを頂きました。ありがとうございました。

そしてビジネス社の大森勇輝さんには、最初から最後までお世話になりっぱなしでした。書籍に仕上げるまで、非常に短期間であったにも関わらず、番組では紹介できなかった内容をすくい上げ、見事にまとめ上げて頂きました。厚くお礼申し上げます。

2019年12月吉日

NHK編成局コンテンツ開発センター　チーフプロデューサー　猪俣修一

［著者］

NHK 沁みる夜汽車制作チーム

「沁《し》みる夜汽車」の物語

2020年1月1日　　第1刷発行

著　者　NHK 沁みる夜汽車制作チーム
発行者　唐津 隆
発行所　株式会社ビジネス社
〒162-0805　東京都新宿区矢来町114番地 神楽坂高橋ビル5F
電話　03(5227)1602　FAX　03(5227)1603
http://www.business-sha.co.jp

〈印刷・製本〉シナノ パブリッシング プレス
〈編集担当〉大森勇輝　〈営業担当〉山口健志

ISBN978-4-8284-2152-0